R. L. Stine • Tief im Dsch[illegible] Verderbens

OMNIBUS

Foto: © privat

DER AUTOR R. L. Stine wurde 1943 in einem kleinen Vorort von Columbus/Ohio geboren. Bereits mit neun Jahren entdeckte er seine Liebe zum Schreiben. Seit 1965 lebt er in New York City, wo er zunächst als Lektor tätig wurde. Seine ersten Bücher waren im Bereich Humor angesiedelt. Seit 1986 hat er sich jedoch ganz den Gruselgeschichten verschrieben.

DIE SERIE Für Gruselfans, die immer schon ganz nah am Geschehen sein wollten, sind die GÄNSEHAUT-ABENTEUER-SPIELBÜCHER wie geschaffen. Mitten in die Geschichte geworfen, kann der Leser spielerisch bestimmen, wie es weitergehen soll, da die Handlung immer wieder an besonders spannenden Stellen abbricht und nach einer Entscheidung verlangt. Mut, Kombinationsgabe und Abenteuerlust sind gefragt und dafür erwarten den Leser atemberaubende Spannung, wohliges Gruseln und immer neues Lesevergnügen. Denn immerhin gibt es etwa zwanzig verschiedene Arten, diese Geschichten zu lesen – aber nur eine einzige, das Abenteuer unbeschadet zu überstehen.

R. L. Stine

Tief im Dschungel des Verderbens

Aus dem Amerikanischen
von Günter W. Kienitz

OMNIBUS

OMNIBUS

Der Taschenbuchverlag
für Kinder und Jugendliche
von Bertelsmann

Band 20595

Siehe Anzeigenteil am Ende des Buches
für eine Aufstellung der bei OMNIBUS
erschienenen Titel der Serie GÄNSEHAUT.

Umwelthinweis:
Dieses Buch wurde auf chlorfrei gebleichtem
Papier gedruckt.

Deutsche Erstausgabe Juni 1999
Gesetzt nach den Regeln der Rechtschreibreform
Die Originalausgabe erschien unter dem Titel
»Give Yourself Goosebumps # 11:
Deep in the Jungle of Doom«
bei Scholastic, Inc., New York

Übersetzung: Günter W. Kienitz
Lektorat: Janka Panskus
Umschlagkonzeption: Klaus Renner
bm · Herstellung: Stefan Hansen
Satz: Uhl + Massopust, Aalen
Druck: Presse-Druck Augsburg
ISBN 3-570-20595-9 · Printed in Germany

10 9 8 7 6 5 4 3 2 1

Achtung!!!
Lies dieses Buch nicht an einem Stück vom Anfang bis zum Ende!

Ich Tarzan. Du rettungslos verloren ...
Du bist auf Urlaub in Südamerika und bereit für richtige Abenteuer: Raubkatzen, gefährlichen Treibsand, Lianen, an denen man sich von Baum zu Baum schwingen kann!
Doch da isst du eine verzauberte Frucht und verwandelst dich in ein abscheuliches Monster! Nun sind Raubkatzen deine geringste Sorge ...
Du musst einen Weg finden, deine normale Gestalt wieder zu erlangen. Und zwar schnell – bevor dich deine Freunde im Dschungel des Verderbens zurücklassen!
Aber zuvor musst du einem Schwarm gefräßiger Piranhas entkommen. Oder den Weg aus einer unterirdischen Höhle finden. Oder es mit einem Stamm von Kopfjägern aufnehmen!
Du hast die Fäden dieses gruseligen Abenteuers in der Hand. Du entscheidest, was passieren wird und wie schaurig die Geschichte sich entwickelt!
Beginne bei Abschnitt **1**. Folge dann den Anweisungen, die unter jedem Abschnitt stehen. Du hast die Wahl.
Fällst du die richtigen Entscheidungen, überlebst du und kannst von deinem Abenteuer erzählen. Triffst du die falsche Wahl ... dann Nimm dich in acht! UND NUN ATME TIEF DURCH, DRÜCK DIR SELBST DIE DAUMEN, BLÄTTERE ZU ABSCHNITT **1** und MACH DICH AUF EINE DICKE GÄNSEHAUT GEFASST!

1

»Also gut, ihr jungen Forscher, richtet eure Aufmerksamkeit jetzt bitte auf dieses prächtige Exemplar einer *Bromeliad aechmea…*«

Mrs. Wheedle, die Dschungelführerin, labert und labert. Und du hängst auf dieser unglaublich öden Naturkundeführung fest! Dabei sah die Broschüre des Jugendforscher-Abenteuerklubs, die du am Empfang deines Hotels entdeckt hast, so toll aus! Eine Dreitagestour durch den Dschungel mit zehn anderen Kindern in deinem Alter und einer erfahrenen Dschungelführerin. Wie cool!

»Nun kommt schon«, hast du deine Eltern bekniet. »Wir sind in Südamerika und ihr wollt wirklich, dass ich den ganzen lieben langen Tag nur am Swimmingpool herumhänge? Das hätte ich zu Hause auch gekonnt. Wieso nehmt ihr mich in ein fremdes Land mit, wenn ich keine neuen Dinge kennen lernen darf?«

Nun wünschst du dir, deine Eltern hätten Nein gesagt! Na ja, wenigstens ist deine beste Freundin Susie auf der Dschungeltour dabei. Und wenn die Dschungelführerin nicht so langweilig wäre, könnte der Dschungel ungeheuer aufregend sein. Schwere Lianen ranken sich im Zickzack über den Pfad. Seltsame und wunderschöne farbenprächtige Blumen wachsen am Wegesrand.

Während du so hinter Susie hertrottest, entdeckst du neben dem Pfad eine sonderbare Blume mit Dornen und leuchtend blauen Blütenblättern. Geistesabwesend streckst du die Hand aus, um sie zu berühren.

Da lässt ein plötzlicher Windstoß die hellblauen Blütenblätter erzittern.

»NEEEEEIIIIIN!«, schreit die Blume!
Du reißt im letzten Moment die Hand zurück!

- *Geh rasch zu Abschnitt* 2

2

»NEEEEEIIIIIN!« Der Schrei hält an. »Fass diese Blume nicht an!«
Es ist nur Mrs. Wheedle.
»Was ist damit?«, fragst du. »Ist sie gefährlich? Verspritzt sie Gift oder sonst etwas in der Art?«
»Natürlich nicht!«, blafft Mrs. Wheedle. »Diese Blume gehört zu einer seltenen Art, die vom Aussterben bedroht ist. Du hättest sie vernichten können!«
Sie wendet sich um und kehrt an die Spitze der Gruppe zurück.
»Puh! Das war aber haarscharf!«, sagt Susie und streicht sich eine Haarsträhne aus den Augen. »Eine Sekunde lang dachte ich glatt, es würde etwas Aufregendes passieren!«
Susie ist cool. Ziemlich cool. Das ist einer der Gründe, wieso sie deine beste Freundin ist. Sie hat in jeder Lebenslage einen guten Spruch auf Lager. Und sie fürchtet sich vor nichts.
Deshalb kannst du dir sicher sein, dass sie genauso heiß darauf ist wie du, sich von der Gruppe abzuseilen und die Gegend *auf eigene Faust* zu erkunden.
Gerade hast du zwischen den Bäumen etwas gesehen, was es wert wäre, unter die Lupe genommen zu werden.
Da ist es wieder! Zu deiner Rechten, etwa zwanzig Meter weit entfernt. Unglaublich! Dein Herz setzt einen Schlag lang aus.

- *Finde in Abschnitt* 37 *heraus, was das ist!*

3

»DREI!«

Der König klatscht dreimal in die Hände und die Diener drehen die große Sanduhr um. Du tust dasselbe mit der kleinen Uhr in deiner Hand. Der Sand rieselt durchs Glas. Du steckst die Babysanduhr in die Hemdtasche. Sie passt wie angegossen hinein.

»Ihr habt eine Palooka! NUN BRINGT MIR DREI STÜCKE GOLD!«, bellt der König.

Du schaust dich in der Höhle um. Zu allen Seiten gehen Gänge ab.

»Komm mit!«, rufst du Susie zu. »Nichts wie los!«

Ihr steuert auf den größten Gang zu, der aus der Kammer hinausführt.

Ihr habt eine Palooka, um das Gold zu finden.

Wie lange ist so eine Palooka bloß?, fragst du dich.

- *Blättere zu Abschnitt* 58 *und mach dich auf die Suche.*

4

Kommt überhaupt nicht in Frage, dass du Juwelen wegwirfst, die Millionen von Dollar wert sind!

Du richtest dich, so gut es geht, auf und beobachtest, wie sich die spitzen Steingebilde Zentimeter um Zentimeter auf dich zuschieben.

Autsch! Ein Smaragd kratzt dich an der Schulter.

Du kauerst dich zwischen den Steinen nieder und hältst den Atem an.

Ein gewaltiger Diamant bewegt sich genau auf deinen Kopf zu!

Noch zwei, drei Zentimeter und du bist Geschichte. Du kneifst die Augen zu.
Plötzlich kommen die Wände mit einem Kreischen zum Stillstand.
Wow! Das war in letzter Sekunde, bevor dein Kopf zerquetscht worden wäre!
Du öffnest die Augen. Du versuchst dich zu bewegen, doch das kannst du nicht. Die kostbaren Edelsteine haben dich eingeklemmt.
Du wartest und wartest, doch die Wände öffnen sich nicht.
Tatsächlich werden sie sich NIE WIEDER öffnen. Du sitzt in der Falle.
Für immer.
Aber sieh es einmal von der positiven Seite: Du wolltest doch immer als Millionär sterben.

ENDE

5

»Entschuldigung«, rufst du Unger zu. »Ich möchte Sie nicht aufhalten, aber ich sterbe vor Hunger. Haben Sie vielleicht irgendetwas, das ich essen könnte?«
»Selbstverständlich«, sagt Unger. »Wir gehen niemals irgendwohin, ohne reichlich zu essen dabeizuhaben.« Sie öffnet die Tasche aus Tigerfell, die sie über der Schulter trägt, holt eine Hand voll Blumen heraus und reicht sie dir. Die Blumen sind essbar! Sie schmecken lecker. Du bist froh, dass du gefragt hast!
Nach einigen weiteren Minuten Fußmarsch durch den grünen Dschungel lässt Unger die Gruppe anhalten. Ihr steht vor einer

Höhle. Sie ist dunkel und von zerklüfteten Felsen umrahmt. Warme, trockene Luft weht aus der Höhlenöffnung heraus.
»Hier drin wächst der Feuerherzbaum«, erklärt Unger dir und Ben. Sie deutet in die kleine Höhle. »Folgt dem Gang, bis ihr zu einer großen Kammer kommt. In der Mitte dieser Kammer steht der Baum.«
»Vielen Dank!«, sagst du der Kriegerin.
»Es ist uns ein Vergnügen, den Hexereien der Muglani entgegenzuwirken«, antwortet Unger. »Viel Glück, meine kleinen Freunde!«
Sie klopft dir und Ben auf den Rücken. Dann wendet sie sich zum Gehen.
»Ach, eines noch zur Höhle«, bemerkt Unger. »Nehmt euch vor dem Wachdrachen in Acht!«
• *Blättere zu Abschnitt* 87.

6

»GRRRRRRRRR!« Das Ungetüm knurrt euch vom Ufer aus entgegen und schwingt eine Tatze mit messerscharfen Krallen durch die Luft.
Mittlerweile bist du bereits von den Zehen bis zu den Knien gefühllos. Du hattest keine Ahnung, dass Wasser so schrecklich kalt sein kann. Es sieht übel für euch aus.
»Wir sollten die Sache ruhig angehen«, sagst du. »Es muss etwas geben, das wir tun können.«
»Ja, klar«, stöhnt Susie und verdreht die Augen. »Wieso schwimmen wir nicht einfach den Wasserfall hinauf?«
»Ha-ha, sehr witzig!«, erwiderst du. Manchmal ist Susies Sarkasmus gar nicht lustig.

Trotzdem wirfst du einen Blick auf den Wasserfall. Das Wasser stürzt über zerklüftete Felsen herab. Im Sonnenlicht glitzert das herabschießende Wasser in verschiedenen Blau-Grün-Schattierungen. Doch das ist es nicht, worauf du dein Augenmerk richtest. Da ist noch etwas anderes. Du glaubst, etwas *hinter* dem Wasserfall ausmachen zu können.
Etwas Großes, Dunkles. Ist das ein weiteres Steinungeheuer?

- *Geh rasch zu Abschnitt* **31** *und finde es heraus.*

7

Du bleibst auf der Lichtung stehen und erwartest die Person, die da näher kommt. Das Geräusch raschelnder Blätter wird lauter. Du schlägst die Beine übereinander, lächelst und gibst dir alle Mühe, nicht zu Furcht erregend auszusehen. Du hoffst, dass, wer auch immer da kommt, dir helfen wird!
Ben, ein Junge aus dem Jugendforscher-Abenteuerklub, betritt die Lichtung. Es sieht aus, als ob er ein Comicheft oder eine Broschüre liest. Er schaut abwechselnd in das Heft und dann wieder auf. So, als ob er eine Landkarte lesen würde.
Anfangs bemerkt Ben dich gar nicht. Du erinnerst dich daran, dass du dich mit Susie über ihn unterhalten hast. Er ist ein echter Bücherwurm und ein bisschen schrullig. Sein rotes Haar ist strubbelig und seine Brille sitzt leicht schief. Sein Gesicht ist mit Sommersprossen übersät.
Jetzt hat Ben den Tisch entdeckt und läuft aufgeregt darauf zu. Du räusperst dich leise, um ihn auf dich aufmerksam zu machen. Ben wirbelt zu dir herum und macht große Augen. Er starrt auf deine Klamotten. Auf deine Schuhe. In dein Furcht erregendes Gesicht. Auf deine schaurigen Krallen.

Dann lässt er die Broschüre fallen und deutet auf dich.
»Du bist ... du bist ... ich weiß, wer du bist!«, stottert er. »Und ich weiß, wie du so geworden bist!«

• *Was Ben weiß, erfährst du in Abschnitt* **21**.

8

Du wanderst hinter den Teilnehmern des Jugendforscher-Abenteuerklubs durch den Dschungel. Susie ist direkt hinter dir. Ihr habt den ganzen Vormittag nichts anderes getan, als euch Pflanzen anzusehen! Das werden die langweiligsten Ferien aller Zeiten!

O nein! Ihr seid nicht nur aus der Höhle heraus, sondern in der Zeit zurückversetzt worden!

Du bist wieder da, wo du begonnen hast ... und alles, was du in dem Berg erlebt hast, verschwindet langsam aus deinem Gedächtnis. Es ist, als ob das ganze Abenteuer niemals stattgefunden hätte.

Schon bald wird Mrs. Wheedle euch auf die Suche nach dieser seltsamen Blume schicken. Und du und Susie, ihr werdet euch davonstehlen.

Aber denk dran: Wenn euch das Steinungeheuer verfolgt, dann lauft dieses Mal zur Lichtung!

• *Und nun kehr zurück zu Abschnitt* **1**. *Viel Glück!*

9

Susie hat Recht. Was solltest du diesem fiesen Höhlenkönig schon schulden? Immerhin hat er versucht, euch zu Sklaven zu machen!
»Vergiss, dass ich überhaupt davon angefangen habe«, murmelst du, steckst das Stundenglas in die Tasche zurück und kletterst weiter.
Nach zwei, drei Metern erreicht ihr beiden die Oberfläche. Wie herrlich frisch die Luft hier riecht! Du hoffst, dass du in deinem ganzen Leben nie wieder eine Höhle von innen siehst!
Gemeinsam findet ihr den Weg zurück zu den Jugendforschern. Sie aufzuspüren ist nicht allzu schwierig, denn sie veranstalten eine Menge Lärm, quasseln und schreien durcheinander.
Mrs. Wheedle ist aufgebracht, weil niemand die seltene Blume gefunden hat, aber es scheint, dass alle anderen ihren Spaß hatten!
Den Rest des Tages über hältst du die Sanduhr versteckt. Erst nach dem Abendessen holst du sie hervor, um sie dir im Schein deiner Laterne genauer anzusehen.
Soll ich sie behalten oder verkaufen?, fragst du dich, während du das hübsche Stundenglas im weichen Laternenlicht bewunderst.
Im selben Moment hörst du, wie jemand an der Zeltklappe herumfummelt, um sie zu öffnen.
»Susie?«, rufst du. »Bist du das?«
»Nein!«, kommt ein barsches Flüstern zurück. Du erkennst die Stimme wieder!
Sie gehört dem König der Höhlenmenschen!
- *Flitze zu Abschnitt* **121**.

10

Eine Nebelwolke steigt plötzlich aus dem Lavatümpel auf. Und im weißen Rauch wird ein düsterer Schemen sichtbar – ein Drache. Kurze Stacheln bedecken seinen Kopf und laufen über das Rückgrat hinab. Obwohl der Drache nicht riesig ist, sieht er doch ziemlich gefährlich aus.

Der Drache bleckt spitze Zähne und hat scharfe aufgebogene Schuppen. Seine beiden grünen Augen, die ein feuerroter Streifen trennt, starren hasserfüllt auf dich und Ben herab.

»Ich glaube nicht, dass wir gegen den etwas ausrichten können!«, brüllt Ben. Er bückt sich rasch, um seinen Knüppel aufzuheben.

»Aber wir müssen es versuchen!«, schreist du und packst deinen Prügel fester. Du zitterst am ganzen Leib, von Kopf bis Fuß.

ZISCH!! Der Drache kriecht durch den Lavasee. Seine scharfen Klauen schrappen über das Felsgestein.

»Lass uns verschwinden!«, bettelt Ben. »Nichts wie weg hier!«

- *Wenn du weglaufen willst, geh zu Abschnitt* **13**.
- *Wenn du versuchen willst den Drachen zu besiegen, geh zu Abschnitt* **36**.

11

Das steinerne Ungeheuer kommt direkt auf euch zu!

»Hier entlang, Susie«, rufst du, während du den Pfad entlangrennst, der zu der Lichtung führt. Du bist dir sicher, dass du das Monster mit den schweren Stöcken und Steinen, die am Boden herumliegen, verjagen kannst.

ROAR! Die Stimme des Steinwesens dröhnt wie Donnerhall durch den Dschungel. Die Vögel warnen sich gegenseitig mit schrillen Schreien. Dein Herz rast schneller als deine Füße.

Du stolperst auf die Lichtung. Der Boden ist mit dünnem, grünem Gras bedeckt. Die Knüppel im Gras sind etwa so groß wie Baseballschläger.

»Rasch!«, ruft Susie dir zu. »Schnapp dir einen Stock.« Sie selbst hat sich bereits mit einem schweren Holzprügel bewaffnet.

Aus dem Augenwinkel heraus siehst du seitlich von dir einen hohen Tisch. Von der Tischplatte hängen ein paar seltsame kleine Bälle herab. Doch du hast jetzt keine Zeit, sie dir genauer anzusehen.

Stattdessen bückst du dich und hebst einen Stock und einen hübschen Stein in der Größe eines Baseballs auf. Dann wirbelst du herum, um dem Ungeheuer entgegenzutreten.

Das Biest bleckt knurrend die Zähne und zerreißt mit fünf rasiermesserscharfen Krallen die Luft.

Dann stürzt es sich auf die Lichtung!

- *Blättere zu Abschnitt* 48 *und mach dich auf eine Keilerei gefasst!*

12

»Los, wir nehmen den feuchten Gang«, sagst du zu Susie. »Vielleicht gibt es da einen Fluss und Gold wird manchmal in Flüssen angeschwemmt.«

»Schlau gedacht«, stimmt Susie dir zu. »Ich gehe voran.«

Vorsichtig betritt sie den nassen Gang.

WUMM! Sie gleitet aus und beginnt den Gang entlangzurutschen.

»Gib Acht«, ruft sie zurück, während sie die Rutschbahn hinunterschlittert. »Es ist rutschiiiiig!«
Dir bleibt nichts anderes übrig, als ihr zu folgen! Deshalb nimmst du Anlauf und hechtest mit dem Kopf voran in den Gang, als wäre er eine Wasserrutschbahn.

- *Rutsch geschwind zu Abschnitt* **118**.

13

Der Drache kommt bedrohlich näher. Er starrt euch böse an und schnappt mit seinen spitzen weißen Zähnen nach euch.
»Du hast Recht!«, schreist du. »Gegen dieses Monstrum können wir nichts ausrichten! Nichts wie raus hier!«
Ihr lasst beide eure Prügel fallen und rennt in Richtung Ausgang. Du stolperst über die holperigen Steine.
Da ihr dem Drachen den Rücken zuwendet, könnt ihr nicht sehen, dass er sein Maul in den Lavatümpel senkt und eine große Portion des flüssigen Gesteins aufschlürft. Dann bläst euch der Drache eine gewaltige Feuersäule nach.
Brüllend fegen die Flammen den Gang entlang hinter euch her und holen euch in null Komma nichts ein.
Du hast allen in Mrs. Wheedles Gruppe erzählt, du wärst ein großer Forscher, der jedes Abenteuer überleben kann!
Sieht ganz so aus, als hättest du den Mund zu voll genommen. Du bist nicht schnell genug gelaufen. Nun, Lügen haben eben kurze Beine!

ENDE

14

»Lass uns den Gang nehmen, der abwärts führt!«, sagst du. Du ziehst die Sanduhr aus der Tasche, um nachzusehen, wie weit sie bereits abgelaufen ist. »Beeil dich, uns bleiben nur noch zwei Drittel der Palooka!«

»Selbst wenn wir das Gold in der vorgegebenen Zeitspanne finden, glaubst du, wir schaffen es dann noch rechtzeitig, zu unserer Gruppe zu stoßen, bevor sie weiterzieht?«, fragt Susie mit einem Blick auf ihre Armbanduhr. »Es ist schon halb drei! Wir haben nur noch eine halbe Stunde!«

»Erst einmal kümmern wir uns um das Gold. Falls wir aus diesem Schlamassel mit heiler Haut herauskommen, werden wir auch Mrs. Wheedle irgendwie finden!«, antwortest du.

Du folgst Susie den engen Gang entlang, der lange nicht so gut beleuchtet ist wie der andere. Hier gibt es nur etwa alle sieben Meter eine Laterne. Obwohl Susie direkt vor dir hergeht, rempelst du ab und zu gegen sie, weil du sie nicht sehen kannst.

»Autsch!«, jammert Susie. »Halt gefälligst mehr Abstand. Dann trittst du mir nicht dauernd auf die Hacken.«

»Entschuldige!«, antwortest du. »Ich werde mich vorsehen.«

Der Gang windet und schlängelt sich. Susie ist nun so weit vor dir, dass du das Gefühl bekommst, ganz alleine zu sein.

Herumliegende Steine auf dem Weg knacken unter deinen Schuhen. Das Geräusch hallt im Gang wider.

Du kannst dein Herz schlagen hören. BUMM-bumm. BUMM-bumm.

• *Blättere zu Abschnitt* 33.

15

»Hmmmmmm«, sagt Cronby und lehnt sich an den Felsblock.
»Lass mich nachdenken …«
»Denk nicht zu lange nach«, sagst du zu ihm, während du die Sanduhr aus der Tasche ziehst. »Mir bleibt nur noch ein Drittel einer Palooka!«
»Okay, wenn du so mutig bist«, sagt der Troll, »dann liest du sicher eine Menge Gruselgeschichten. Hast du schon einmal von R. L. Stine gehört?«
»Na klar!«, schreist du. Deine Stimme hallt im Gang wider. Du bist ein GÄNSEHAUT-Experte! Ganz bestimmt kannst du die Frage beantworten!
»In dem Buch *Die Rache der Gartenzwerge* schlägt ein bissiges Tier die Gartenzwerge in die Flucht. Ist dieses Tier eine Fledermaus? Oder ein Hund?«
Das ist leicht, sagst du dir.

- *Sag entweder: »Es war eine Fledermaus!«, und geh zu Abschnitt* **90**.
- *Oder sag: »Es war ein Hund!«, und geh zu Abschnitt* **30**.

16

Du schlägst einen Haken nach links und verlässt den Pfad. Außer Sicht der Jäger schlüpfst du rasch in die riesige Blume. Augenblicklich schließen sich die rosa und weißen Blütenblätter um dich. Ein besseres Versteck hättest du dir nicht wünschen können. Nun bist du völlig verborgen und unsichtbar.

Der süße Duft in der Blume überwältigt dich fast. Er reizt dich zum Niesen. Deshalb hältst du den Atem an.
»Wo ist es hin?« hörst du James rufen.
»Hier lang«, schreit Gwen, während sie die kleine Jagdgesellschaft geradewegs an deinem Versteck vorbeiführt.
Juhu! Es hat funktioniert! Die Jäger marschieren an dir vorüber. Du holst tief Luft und drückst mit Händen und Füßen gegen die Blütenblätter. Doch sie lassen sich nicht öffnen!
Du drückst fester, stemmst dich mit aller Kraft dagegen und kratzt mit deinen kräftigen Monsterklauen an den Blütenblättern.
Aber nichts wirkt. Du bist darin eingeschlossen!
Die Blütenblätter ziehen sich um dich herum zusammen und fangen langsam zu kauen an. Ja, du hast richtig gelesen: sie kauen. Nicht alle Blumen trinken nur Wasser, weißt du.
Zuerst warst du ein Kind, dann warst du ein Monster.
Nun bist du nur noch Pflanzenfutter.

ENDE

17

Du traust deinen Augen nicht! Diese Fledermaus ist das abscheulichste Lebewesen, das du je gesehen hast. Die Flügel hat sie um ihren haarigen braunen Körper gelegt. Sie hat riesige Ohren, die so dünn sind, dass man die Adern sehen kann, die sie durchziehen. Zwei schwarze Knopfaugen beobachten dich und Cronby wachsam.
Die Fledermaus öffnet das Maul und spricht! »Was habt ihr über mich geredet?«

»O nein!«, schreit Cronby. »Ich habe nicht von dir gesprochen!«
»Ich habe dich genau gehört«, sagt die Fledermaus. »Du hast ›gemeine Fledermaus‹ gesagt!«
»Ich habe nicht von dir geredet, das schwöre ich!«, stottert Cronby.
»Ich werde dich lehren, anderen Wesen Schimpfnamen zu geben!«, kreischt die Fledermaus.
»Ich schätze, ich verziehe mich lieber«, murmelst du und versuchst dich davonzustehlen.
»O nein. Das tust du nicht«, quiekt die Fledermaus, die sich nun dir zuwendet. »Ich habe gehört, wie du mich ›böse Fledermaus‹ genannt hast.«
Du versuchst der Fledermaus klarzumachen, dass du »große Fledermaus« gesagt hast.
Aber Fledermäuse scheinen sich einzubilden, dass sie hervorragend hören!
So viel zu dieser Theorie! Was diese Fledermaus allerdings tatsächlich hat, sind sehr gute Zähne. Und das ist für dich und Cronby ziemlich übel.

ENDE

18

»Ich möchte sie nicht erschrecken!«, sagst du leise zu Ben. »Ich würde ihnen lieber erklären, wer ich bin. Sie werden alles verstehen, sobald ich Feuerherzfrüchte gegessen und mich zurückverwandelt habe.«
»Wer ist da?«, blafft Mrs. Wheedle. »Ist das einer aus meiner Forschergruppe? Komm heraus, damit ich dich sehen kann!«

»Ich bin es nur«, rufst du. »Erschrecken Sie nicht! Ich kann alles erklären!« Du trittst hinter dem Busch hervor.
Mrs. Wheedle glotzt auf deine scharfen Zähne, die fischige graue Haut und deine riesigen Glubschaugen und fällt in Ohnmacht. PLUMPS!
Und genau wie sie werden auch alle anderen in der Gruppe ohnmächtig. PLUMPS! PLUMPS! PLUMPS! PLUMPS, PLUMPS! PLUMPS, PLUMPS!
Du und Ben könnt es euch nicht verkneifen, loszulachen. »Und ich wollte sie nicht erschrecken!«, sagst du. Du trittst über Mrs. Wheedle hinweg und pflückst eine der reifen, roten Feuerherzfrüchte. Herzhaft beißt du hinein.
Augenblicklich fühlst du, wie deine Haut sich strafft und dein Kopf zu schrumpfen beginnt. Das geschieht so schnell, dass du dich nicht lange damit aufhältst, die Frucht ganz aufzuessen. Du bist wieder ein Kind! Mehr oder weniger …
Zurück im Hotel erzählst du beim Abendessen deiner Familie die ganze Geschichte. Sie denken alle, du machst Scherze, bis eine Fliege auf der Tischdecke landet. *Zapp!* Deine lange, klebrige Zunge schießt hervor und fängt die Fliege.
Du hättest wohl besser die ganze Feuerherzfrucht gegessen. Aber letztendlich steckt doch in jedem Mensch ein kleines Monster.

ENDE

19

»Geht ZURÜCK!«, schreist du, das Gesicht den Höhlenwesen zugewandt.
»Ja!«, brüllt Susie. »VERZIEHT euch!«

Du hebst einen Stein auf und schleuderst ihn auf die Höhlenbewohner. Der Stein trifft einen von ihnen direkt am Kopf.
»WAAAHHH!«, heult der Getroffene.
Susie wirft ebenfalls einen Stein.
Da machen die Höhlenwesen kehrt und rennen wie verrückt davon!
Sie schreien und kreischen wie Babys!
»Wir habens geschafft!«, schreit Susie. Du drehst dich zu ihr um und klatschst ihr in die hochgereckte Hand.
»Jetzt aber nichts wie weg hier, bevor wir schmelzen!«, sagst du.
»Da sagst du ein wahres Wort!«, pflichtet dir Susie bei. »Ich bin so verschwitzt, dass du mich glatt in einen Eimer schütten könntest.

- *Flitze zu Abschnitt* **86**.

20

So schnell du kannst, leerst du die Edelsteine aus den Taschen. Du bist gerade klein genug, um in den Gang hinausschlüpfen zu können, bevor sich die Decke mit einem lauten Knacken vollständig auf den Boden absenkt.
Ein Juwelenschauer prasselt dir auf den Rücken, als du den Gang entlangrennst, um Susie wieder zu treffen.
Behutsam ziehst du das Stundenglas aus der Hemdtasche. Die Palooka ist beinahe um – im Glas befindet sich nur noch etwa ein Zentimeter Sand! Du hast keine Sekunde zu verlieren!
»Susie! Wo bist du?«, rufst du.
»Ich habe das letzte Goldstück gefunden!«, antwortet sie. »Aber ich weiß nicht, wie ich es herausholen soll!«

Susie führt dich einen Gang entlang in eine kleine Höhle. Im Zentrum der Höhle befindet sich ein gläsernes Wasserbecken. Und darin siehst du etwas Unglaubliches!
»Das fasse ich nicht!«, rufst du aufgeregt.

- *Was hast du entdeckt? Sieh es dir in Abschnitt* 100 *aus der Nähe an.*

21

»Du bist eines der Kinder aus dem Jugendforscherklub, stimmts?«, fragt Ben, während er auf dich zutritt. »Du hast dich wohl von der Gruppe abgesetzt, so wie ich auch.«
Du bist so froh, dass er keine Angst vor dir hat!
»Ja«, bringst du mit Mühe hervor. Der Pfropf in deinem Hals verschwindet. Oder vielleicht bist du dabei zu lernen, durch ihn hindurch zu sprechen.
»Und ich wette, du bist auf diese Lichtung gekommen, hast den Tisch entdeckt und von dem verzauberten Obst im Korb gegessen! Dadurch hast du dich in ein Fischmonster verwandelt! Du bist ihnen schnurstracks in die Falle gegangen!«, verkündet er.
Plötzlich reckt Ben die Nase in die Höhe und schnuppert. Auf seinem Gesicht macht sich ein glückliches Grinsen breit.
Wie in Trance stolpert er zum Tisch und nimmt sich eine Banane aus dem Korb. Er hält sie sich unter die Nase und atmet den herrlichen Duft ein. Du weißt genau, was er empfindet!
»Nein, Ben!«, schreist du. »Iss das Obst nicht!« Deine Stimme klingt noch immer quäkend.
Aber schon schält Ben die Banane ab!

Wenn er sie isst, wird er sich wahrscheinlich ebenfalls in ein Monster verwandeln!

- *Versuch ihn in Abschnitt* 79 *davon abzuhalten.*

22

Du lässt dich vor dem kleinen Erdtunnel auf Hände und Füße nieder.

»Viel Glück«, sagt Susie. »Ich hoffe, du findest den Weg hinaus!«

»Wir sehen uns in fünf Minuten wieder. Bis gleich!«, sagst du, während du in die kleine Öffnung hineinkriechst.

Du schlängelst dich auf dem Bauch durch die dunkle Röhre. Erde von den Tunnelwänden bedeckt deinen ganzen Körper. Sie klebt dir überall im Gesicht und sammelt sich unter deinen Fingernägeln. Schließlich quetschst du dich mit einem *Plop* aus der Röhre hinaus! Du bist wieder draußen im Dschungel!

Das einzige Problem ist: Du steckst in einer Art Grube. Steile Wände ragen um dich herum etwa fünf Meter in die Höhe.

Es ist großartig, aus der Höhle und all diesen dunklen, gewundenen Gängen heraus zu sein, aber bin ich jetzt wirklich besser dran als zuvor?, fragst du dich, während du die glatten Wände der Grube musterst.

Du musst eine schwere Entscheidung treffen: Sollst du jetzt zu Susie zurückkehren? Deine fünf Minuten sind beinahe verstrichen. Oder solltest du besser erst einmal versuchen aus der Grube herauszukommen, um sicherzustellen, dass du aus ihr auch wirklich herauskommen *kannst*?

- *Geh zu Abschnitt* 113, *um zuerst einmal zu Susie zurückzukehren.*

• *Geh zu Abschnitt* 80, *wenn du jetzt gleich versuchen willst aus der Grube herauszukommen.*

23

Wo ist Susie nur abgeblieben? War sie nicht direkt hinter dir? Oder hat sie etwa gekniffen?
Du drehst dich um, weil du zum Eingang zurück willst. Doch dann hörst du eine Stimme und bleibst stehen, um zu lauschen.
»Da ist dein Abendessen«, sagt jemand. Es ist Susies Stimme! Sie hallt in der Höhle wider. »Jetzt lässt du mich gehen, richtig?«
Abendessen? Jetzt lässt du mich gehen? Mit wem redet sie? Was läuft denn hier?
In diesem Augenblick werden die Seitenwände des Höhlenganges weich. Und der Boden fängt an sich zu bewegen, wie ein langes, rosafarbenes Laufband.
Wie eine lange, rosa Zunge.
Du schnappst entsetzt nach Luft, als dir klar wird, warum sich die Luft in der Höhle so feucht anfühlt … Du bist gar nicht in einer Höhle, sondern im Maul eines gigantischen Steinmonsters, so groß wie ein ganzer Berg!
Wie ist das möglich? Woher hat Susie Bescheid gewusst? Und warum lässt dich deine beste Freundin im Stich?
Das sind lauter gute Fragen, doch unglücklicherweise hast du keine Zeit mehr, dir den Kopf darüber zu zerbrechen.
Um genau zu sein, bleiben dir gerade noch etwa fünf Sekunden, bis du im säuregefüllten Magen des Ungeheuers landest. Vier … drei … zwei … eins …

ENDE

24

Wachsam bahnt ihr euch einen Weg zu dem Gebiet, das ihr vorhin mit der Jugendforschergruppe erkundet habt.
Der Baum mit den Früchten, die wie kleine Herzen aussehen, muss hier irgendwo sein, sagst du dir.
Du schiebst ein paar dicke Ranken beiseite und befindest dich am Rand einer kleinen Lichtung im Dschungel. Genau in der Mitte der Lichtung steht der Baum, den du vorhin gesehen hast. Du hoffst inständig, dass das der gesuchte Feuerherz-Fruchtbaum ist.
Es ist ein kleiner Baum mit langweiligen, glanzlosen Blättern und grauer Rinde. Die Äste hängen voll mit hübschen roten, herzförmigen Früchten.
»Sieh nur!«, rufst du begeistert. »Ben, ich habe den Baum gefunden, von dem ich dir erzählt habe!«
»Psssttt!« Ben packt dich am Arm und zieht dich hinter einen struppigen, blühenden Busch. »Sei still«, wispert er. »Da kommt jemand!«

- *Geh rasch zu Abschnitt* 57.

25

Du steckst mit zwei Tigerskeletten in einer Grube fest!
Sie umkreisen dich langsam. Der Wind pfeift zwischen ihren Knochen hindurch. Ihre Kiefer klappen auf und zu. Du kannst deutlich sehen, dass sie nichts lieber täten, als einen Happen bei dir abzubeißen.
Da sie keinen Magen haben, gehst du davon aus, dass sie dich

nicht wirklich fressen können. Aber immerhin haben sie noch all ihre Zähne!
Du weichst in die Ecke zurück, wobei du darauf achtest, nicht versehentlich auf noch mehr Knochen zu treten.
Die Tiger rücken näher. Ihre Schwänze schwingen hin und her und klappern dabei leise.
Du erinnerst dich an einen alten Dschungelfilm, den du irgendwann einmal gesehen hast. Der Held sang einem wilden Tiger etwas vor und brachte ihn damit zum Einschlafen. Vielleicht funktioniert das auch bei Tigerskeletten!
Vielleicht könntest du aber auch einem der Tiger auf den Kopf springen und von dort den Grubenrand erreichen. Du bist ziemlich sportlich.
Doch welche der beiden Möglichkeiten du auch wählst, du musst rasch handeln!

- *Wenn du den Tigern ein Lied vorsingen und so versuchen willst sie ruhig zu stellen, dann geh zu Abschnitt* **117**.
- *Wenn du auf einen von ihnen springen willst, geh zu Abschnitt* **59**.

26

Du kannst nicht sehen, wer diese verrückten kleine Schuhe trägt, aber du bist dir sicher, dass derjenige etwas mit dem Verschwinden deiner Freundin zu tun hat.
»Wer ist da?«, wiederholst du.
»Nur ich – dein freundlicher Nachbarschaftstroll!« Ein kleines Männchen tritt hinter dem Felsen hervor. Es hat eine helle Laterne in der Hand, die die kleine Kammer in strahlendes Licht taucht.

Der Troll steckt in einer putzigen kleinen Bergsteigermontur – komplett mit Lederhose und grün-weiß gestreiften Strümpfen. Ein weißer Bart verdeckt sein runzeliges Gesicht. Er würde wie ein kleiner Clown aussehen, trüge er nicht so eine boshafte Miene zur Schau. Sein Mund ist zu einem geraden Strich zusammengepresst und seine Augen, stellst du erschrocken fest, sind rot.

»Wo ist meine Freundin?«, fragst du den Troll.

»Na, das ist aber keine nette Art, jemanden zu begrüßen!«, schnarrt das Kerlchen und tritt auf dich zu. Es reicht dir gerade bis an die Hüfte. »Mein Name ist Cronby. Und wie heißt du?« Es hält dir die Hand hin. Sein Blick ist finster und in diesen roten Augen steckt etwas Niederträchtiges …

- *Gibst du ihm die Hand? Dann geh zu Abschnitt* **29**.
- *Oder verzichtest du lieber aufs Händeschütteln? Dann blättere zu Abschnitt* **81**.

27

Du ziehst dir das Gummiblatt vom Gesicht. Dein Bein sitzt in einer Art Loch fest. Blinzelnd, um wieder klar sehen zu können, schaust du zu deinem Fuß hinab.

Da entdeckst du, dass das Loch, in das du getreten bist, kein gewöhnliches Loch ist.

Du bist in einen gewaltigen Ameisenhaufen voller riesiger roter Ameisen getreten.

»Zieh dein Bein raus, bevor die Ameisen sauer werden!«, empfiehlt Ben. »Und mach schnell. Wir müssen den Feuerherzbaum finden!«

»Ich kann den Fuß nicht herausziehen! Er steckt fest!«, rufst du. Du ziehst mit aller Kraft, aber umsonst. Dann bückst du dich und scharrst mit deinen scharfen Krallen an dem Ameisenhügel. Vor Anstrengung schnaufst und stöhnst du. Doch es bringt nichts.

Die roten Ameisen beginnen um deinen Knöchel herumzuwuseln!

»Schnell, Ben!«, schreist du. »Schnapp dir den Stock da und versuch, meinen Fuß auszugraben!« Du deutest mit dem Kopf auf einen langen Knüppel auf der Erde.

»Ich weiß nicht, ob das funktioniert«, sagt Ben. »Vielleicht sollte ich lieber Wasser aus meiner Feldflasche auf die Ameisen gießen. Damit würde ich sie ertränken! Was soll ich tun?«

- *Wenn du willst, dass Ben deinen Fuß mit dem Stock ausgräbt, dann geh zu Abschnitt* **60**.
- *Wenn er die Ameisen ertränken soll, dann geh zu Abschnitt* **89**.

28

Der Speer der Kriegerin zielt genau auf dein Herz!

Du spürst, wie die scharfe Steinspitze deinen Arm streift, als der Speer näher kommt. Du kneifst die Augen fest zu.

Im allerletzten Moment reißt die Anführerin der Kriegerinnen die Speerspitze nach links. Anstatt dir den Speer in den Leib zu stoßen, schneidet sie damit eine Schnur des Netzes durch.

Du und Ben, ihr plumpst auf die Erde!

»Heh-heh-heh!« Die Kriegerinnen lachen so schallend, als wäre das die lustigste Szene, die sie je gesehen haben.

»Ich bin froh, dass sie das witzig finden«, murmelt Ben. Er reibt seine Brille am Hemd sauber. Ihr liegt beide am Boden, mit Erde

bedeckt. Die Anführerin der Kriegerinnen hebt die Hand, um Schweigen zu gebieten. Die anderen Frauen hören schlagartig zu lachen auf.
Die Kriegerin lässt sich neben euch auf allen vieren nieder. Sie schaut dir ins Gesicht und betrachtet dich eindringlich. Du spiegelst dich in ihren großen schwarzen Pupillen. Du kannst deine schleimige graue Haut, deine großen glasigen schwarzen Augen und die scharfen Zähne erkennen.
Die Kriegerin kratzt sich hinten am Rücken. Dabei öffnet sich die Tasche aus Tigerfell, die an ihrer Seite hängt. Darin entdeckst du einen Schrumpfkopf.
Geschockt weichst du zurück.

- *Geh zu Abschnitt* 95.

29

Du willst nicht unhöflich sein, deshalb beugst du dich zu ihm hinab, um ihm die Hand zu geben. Während du ihm die Hand schüttelst, starrt dir der Troll in die Augen und sein Gesicht verzieht sich ganz allmählich zu einem bedrohlich wirkenden Grinsen.
Na ja, so böse sind diese Augen eigentlich gar nicht!, denkst du. Ich kann mein Spiegelbild in ihnen sehen! Und da ist noch etwas anderes.
Du schaust dem Troll tiefer in die wirbelnden roten Augen.
Da ist deine Mom! Und dein Dad! Da ist euer Haus! *Was machen die denn alle da drin?* Die Augen ziehen dich spiralförmig in die Tiefe. Dir wird schwindelig. Die Höhle dreht sich um dich herum. Dennoch forschst du weiter in den Augen des Trolls.

Deine Mom und dein Dad weinen! Sie weinen wegen irgendjemandem …
Du schaust noch tiefer in die roten Augen.
SIE WEINEN WEGEN DIR! Weil sie dich nie wieder sehen werden.
Während du dem kleinen Mann in die Augen gestarrt hast, hat er dich hypnotisiert. Er hat dich für den Rest deines Lebens zu seinem Sklaven gemacht.
Zu dumm, dass du dich dem Händeschütteln nicht widersetzt hast. Denn von nun an wirst du dich nicht mehr widersetzen können, was auch immer der Troll dir befiehlt.

ENDE

30

»Es war ein Hund. Buster, der Hund von Joe und Mindy«, sagst du voller Selbstvertrauen.
Du siehst, wie das Gesicht des Trolls puterrot anläuft. Seine Haut wird fast so feuerrot wie seine Augen.
»NEIN! NEIN! NEIN!«, brüllt er.
»Du meinst, die Antwort war falsch?«, sagst du erschrocken.
»Nein! Du hast richtig geraten! Mit dieser Frage habe ich es dir zu einfach gemacht!«
Hervorragend! Du hast es geschafft!
»NEIN! NEIN! NEIN!«, kreischt Cronby, wirft sich der Länge lang hin und hämmert mit seinen kleinen Fäusten auf den Boden. »Ich habe seit zwanzig Jahren keine anständige Mahlzeit mehr gehabt«, stöhnt der Troll.
»Das ist *dein* Problem! Ich habe ehrlich und fair gewonnen!«,

erklärst du. »Jetzt zeig mir, wo Susie ist, und gib mir mein Gold!«
»Warum gibst du mir nicht eine letzte Chance? Wir könnten um ein weiteres Stück Gold wetten …«, versucht er dich zu überreden. »Dann hättest du insgesamt drei und würdest freikommen.«
Du zögerst. »Ich weiß nicht recht.«
»Nun komm schon, es wird dir Spaß machen!«, bettelt er. »Ich stelle dir noch eine Frage zu R. L. Stine. Vergiss nicht, dir läuft die Zeit davon!«
Das ist eine schwere Entscheidung, aber du musst sie treffen:

- *Lässt du dich auf die Wette um das dritte Goldstück ein? Dann geh zu Abschnitt* **114**.
- *Oder schnappst du dir lieber Susie und die beiden Goldstücke und verlässt den Troll auf schnellstem Weg? Dann geh zu Abschnitt* **38**.

31

Nein, das ist kein anderes Steinmonster, was du hinter dem Wasserfall siehst. Es ist die Öffnung einer Höhle!
»Mag ja sein, dass wir den Wasserfall nicht *hinauf*schwimmen können« sagst du zu Susie. »Aber vielleicht können wir *hindurch*tauchen. Komm her und sieh dir das an!« Deinen schwimmenden Holzprügel umklammernd, paddelst du auf den Wasserfall zu.
»Cool!«, schreit Susie. »Da ist wirklich eine Höhle hinter dem Wasserfall! Vielleicht können wir unter dem Wasserfall hindurchkriechen und so einen Ausweg aus unserer dummen Lage finden!«
Du holst tief Luft und tauchst – mitsamt dem Stock – unter der enormen Gischt, die der Wasserfall erzeugt, hindurch. Das

Wasser drückt dich nach unten und für einen Augenblick füllen sich deine Augen und Ohren mit brodelndem Schaum.
Als du wieder auftauchst, befindest du dich hinter dem Wasservorhang am Eingang der Höhle. Das Sonnenlicht strahlt durch den Wassernebel und erzeugt dabei kleine Regenbogen in der Luft. Der Blick durch den Wasserfall hindurch auf den kleinen See ist wunderschön. Die Höhle hinter dir ist leider nicht annähernd so schön.
Dunkle, zerklüftete Felsen ragen aus einer schwarzen Öffnung hervor. Ein feuchter warmer Wind bläst dir ins Gesicht.
Plötzlich spürst du, wie unter Wasser etwas Schleimiges dein Bein streift. Was war das?, fragst du dich. Doch bevor du dir darüber den Kopf zerbrechen kannst, packt es deinen Fuß und zieht dich herunter!

• *Schnell! Plantsch zu Abschnitt* **125**.

32

»Sie heißt ›Tanya, der Schrecken‹!«, verkündest du voller Stolz.
»FALSCH! FALSCH! FALSCH!«, schreit Cronby schadenfroh.
»Ich habe gewonnen! Ich habe gewonnen!«
O nein! Die Antwort war falsch!
Die Angst drückt dir schwer auf den Magen. Es fühlt sich an, als läge ein Stein darin.
Dasselbe Gefühl wird Cronby sicher auch bald haben. Was ihm dann allerdings schwer im Magen liegen wird, das seid ihr beiden: du und Susie.

ENDE

33

Während du den schwach beleuchteten Gang hinuntertappst, lauschst du deinem Herzschlag.

Wie sollt ihr jemals drei Stücke Gold finden können, wenn es so dunkel ist, dass du kaum die Hand vor Augen sehen kannst?

BUMM-bumm. BUMM-bumm. BUMM-bumm. Dein Herzschlag ist jetzt das einzige Geräusch.

Nicht einmal Susies Schritte hörst du mehr, denkst du beim Gehen.

In dem Moment endet der Gang. Ja, du hast richtig gelesen: Du prallst gegen eine abgerundete Steinwand.

Du befindest dich in einer kleinen Höhle. Riesige Felsklötze blockieren den Pfad vor dir. Du steckst in einer Sackgasse.

Wo ist Susie hin verschwunden? Sie war doch genau vor dir …

Dein Herzschlag wird schneller! BUMM-BUMM. BUMM-BUMM. BUMM-BUMM.

Wo steckt sie?

- *Such in Abschnitt* **104** *nach ihr.*

34

»Am besten gehen wir zu dem großen Hauptgang zurück und versuchen es von dort aus in einer anderen Richtung!«, ruft Susie, während ihr den Weg zurücklauft, den ihr gekommen seid.

»Okay«, keuchst du. Schweiß läuft dir den Nacken hinab. »Wir brauchen nur noch ein Stückchen Gold aufzutreiben!«, rufst du, während du die Sanduhr aus der Tasche ziehst und einen Blick darauf wirfst. »Uns bleibt ungefähr noch eine Viertel Palooka!«

»Übrigens«, sagte Susie, »danke, dass du mich vor dem Troll gerettet hast!«

»Nichts zu danken!«, antwortest du.

Endlich erreicht ihr den breiten Gang. Es ist angenehm, wieder richtig sehen zu können – die Laternen, die an den Wänden des Hauptgangs hängen, flackern hell.

Du schaust in beide Richtungen. Rechts siehst du einen Gang, der sich in viele kleine Gänge verzweigt. In dieser Richtung stehen euch viele Wege offen, aber ihr könntet euch auch leicht verirren.

Nach links führt ein großer Gang weiter, der nass aussieht. Wenn es hier einen unterirdischen Fluss gibt, wäre das der perfekte Ort, um nach Gold zu suchen.

Aber es könnte rutschig werden.

- *Entweder gehst du in Abschnitt* **109** *in Richtung der kleinen Gänge.*
- *Oder du wagst dich in Abschnitt* **12** *in den rutschigen Gang.*

35

Oje! Du bekommst auf dem trockenen Land keine Luft! Das macht doch keinen Sinn! Vor kurzem bist du noch an Land herumspaziert und hast geatmet. Es sieht so aus, als hätte sich deine Verwandlung in ein Fischmonster gerade vollendet! Dir wird schwindlig und du sackst zu Boden. Plötzlich wird dir klar: Du musst zurück ins Wasser, wo du durch deine Kiemen atmen kannst.

Zentimeter für Zentimeter schiebst du dich zum Rand des Flusses zurück. *Platsch!* Du lässt dich ins reißende Wasser fallen. Was für ein Vergnügen, das kalte klare Wasser wieder durch deine Kiemen strömen zu spüren!
Na ja, von Mrs. Wheedle habe ich wohl keine Hilfe zu erwarten, denkst du mit einem Seufzer, während du den Fluss entlangpaddelst. Es sei denn, sie käme auf einen Sprung ins Wasser!
Es stellt sich heraus, dass es sich im Fluss prima leben lässt. Es gibt reichlich kleine Fische zu fressen und hin und wieder jagst du sogar Alligatoren.
Jedes Mal, wenn Menschen im Fluss schwimmen, versuchst du ihnen zu erklären, wer du bist. Doch kaum hast du ihre Aufmerksamkeit erregt, bleiben sie nie lange genug, um deiner Erläuterung zu folgen.
Nun, gut möglich, dass sie keine Ahnung haben, wer du früher einmal warst. Aber sie wissen sehr gut, wer du jetzt bist: Du bist auf der ganzen Welt berühmt und viele Sagen ranken sich um dich. Man nennt dich … das Grauenhafte Fischmonster!

ENDE

36

»Ich muss mit dem Drachen kämpfen! Ich gehe hier nicht ohne eine dieser Früchte weg!«, rufst du. »Wenn ich keine bekomme, werde ich für den Rest meines Lebens wie ein Monster aussehen!«
»Okay«, stimmt Ben dir mutig zu. »Wir werden mit dem Drachen kämpfen!«

In diesem Moment fällt dir etwas ein, das du in der Schule über Eidechsen gelernt hast. Vielleicht trifft das ja auch auf Drachen zu!
»Bleib stehen und rühr dich nicht, Ben!«, weist du ihn an. »Einige Eidechsen können nur Bewegung wahrnehmen. Vielleicht kann uns der Drache nicht sehen, wenn wir stillhalten.«
Du hast Recht. Nachdem ihr beide euch nicht mehr bewegt, wirkt der Drache verwirrt. Er schnuppert in die Luft und sucht die Höhle mit seinen grün-roten Augen ab, sieht euch aber nicht. Schließlich verliert er das Interesse und kriecht hinter den Baum zurück.
»Ich werde mir jetzt ganz langsam eine Frucht holen«, flüsterst du.
Auf Zehenspitzen schleichst du zum Lavatümpel und streckst wie in Zeitlupe den Arm über den kleinen See aus brodelndem, dampfendem geschmolzenem Gestein hinweg aus.
• *Geh zu Abschnitt* 82.

37

Zwischen den kreuz und quer wachsenden Dschungelpflanzen siehst du etwa zwanzig Meter entfernt zu deiner Rechten einen wild rankenden Busch. Und dieser Busch hat … Füße!
Ganz richtig: unter den verschlungenen Ranken stehen zwei krallenbewehrte, in Stein gehauene Füße hervor.
Du denkst dir, dass dies eine Statue eines Naturvolks sein könnte, über die du gelesen hast. Denn in dieser Gegend haben angeblich ein paar gefährliche Kopfjägerstämme ihr Unwesen getrieben! Und du würdest zu gerne herausfinden, ob es sie immer noch gibt.

Kopfjäger schrumpfen die Köpfe von Menschen! Und sie bringen vor steinernen Statuen Opfer dar.

Zumindest hast du dir das erzählen lassen. Mrs. Wheedle dagegen würde gerne alle glauben machen, dass das Gefährlichste im Dschungel eine Biene ist. Oder vielleicht gar eine Blattlaus – weil sie vom Aussterben bedrohte Pflanzen frisst!

»Susie«, rufst du deiner Freundin zu. »Sieh mal da drüben! An diesem Busch ist irgendetwas seltsam. Ich wünschte, wir könnten ihn uns genauer ansehen!«

»Ich habe eine Idee!«, sagt Susie mit einem Funkeln in den Augen.

Du kennst Susie schon aus dem Sandkasten. Und du weißt genau, wenn du dieses Funkeln in ihren Augen siehst, dann heckt sie etwas aus, was euch in Schwierigkeiten bringen wird – normalerweise in Schwierigkeiten, die mit Spaß verbunden sind, aber auf jeden Fall in gewaltige Schwierigkeiten!

- *Um welche Art von Schwierigkeiten es sich handelt, findest du in Abschnitt* **64** *heraus.*

38

»Ich riskiere Susies Leben nicht in einer Wette«, antwortest du. »Und jetzt gib mir das Gold.«

Mit Tränen in den Augen händigt dir der Troll die beiden Goldklumpen aus. Dann dreht er sich um und drückt auf ein Stück Moos auf dem riesigen Felsblock hinter sich. Der Stein schiebt sich beiseite und gibt den Blick in eine Kammer frei. Darin sitzt Susie auf dem Boden, die Arme vor der Brust verschränkt.

»Er hat mich hier reingestoßen und eingesperrt!«, ruft sie.

»Schnell!«, sagst du zu ihr, während du ihr aufhilfst. »Ich habe zwei Goldstücke gewonnen, aber unsere Zeit läuft ab!«
Susie rappelt sich auf. Cronby wirbelt mit einem Fußtritt Staub vom Boden auf. Er sieht enttäuscht aus.
»Warte eine Sekunde«, sagt Susie, packt den Troll am Kragen und hebt ihn hoch. »Ich habe bei diesem kleinen Wicht noch eine Rechnung zu begleichen.« Susie schiebt Cronby in die Kammer und drückt auf den Moosknopf.
»Das kommt davon, wenn man Leute in die Falle lockt!«, schreit sie, als der Stein zurück in die Ausgangsstellung rollt.
»Komm mit!«, ruft sie.
Zusammen rennt ihr den Tunnel zurück.
Ihr braucht nur noch ein Stück Gold! Aber wo wollt ihr danach suchen?

• *Beginne mit der Suche in Abschnitt* **34**.

39

Die Kriegerinnen rücken bedrohlich näher. Und sie sind darauf aus, aus euren Köpfen kleine Lederbälle zu machen!
Höchste Zeit abzuhauen!, denkst du, nimmst wortlos Ben Huckepack und rennst los.
Du huschst an der Anführerin der Kriegerinnen vorbei und sprintest in den Dschungel. Die exotischen Blumen und Pflanzen verschwimmen dir vor den Augen, weil du so schnell läufst. Die Kriegerinnen nehmen johlend und schreiend die Verfolgung auf. Obwohl sie alt sind, sind sie flink! Dass du Ben trägst, bremst dich und so sind dir die Frauen bald dicht auf den Fersen. Pfeile zischen an dir vorbei und bohren sich in die Baumstämme.
»O nein!«, schreit Ben und du bleibst abrupt stehen.

Vor dir senkt sich der Boden zu einer dunklen Grube, gefüllt mit brodelndem, flüssigem Teer.
Ein Pfeil saust über deine Schulter hinweg und landet im Teer, wo er versinkt. Der Teer blubbert leise, als er sich über dem Pfeil schließt.
Vor dir baumelt eine Liane.
»Was machen wir jetzt?«, fragt Ben.

- *Beschließt du, dich an der Liane über das Teerloch zu schwingen, blättere zu Abschnitt* 54.
- *Willst du über die Grube springen, geh zu Abschnitt* 75.

40

»Wir versuchen es mit der Tür«, rufst du Susie zu. Du packst den Türgriff und drehst ihn mit aller Kraft. Die Tür geht auf und ihr schiebt euch hindurch.
Du schlägst die Tür hinter euch zu
WUMM! Die Höhlenwesen hämmern wütend gegen die Tür.
WUMM!
Ihr befindet euch in einem dunklen Raum. Er ist nicht besonders groß. Durch den Fackelschein, der unter der Tür hereindringt, kannst du ein wenig sehen.
»Wo sind wir?«, fragst du Susie.
»Keine Ahnung, aber wenigstens haben wir uns diese schwammköpfigen Ungeheuer erst einmal vom Hals geschafft«, antwortet sie.
WUMM! Die Höhlenwesen schlagen gegen die Tür. Sie wollen herein.
»Ich kanns kaum glauben, dass wir sie abgehängt haben«, setzt du hinzu. »Ich war mir schon sicher, wir wären erledigt!«

»Da mach dir mal keine Sorgen«, bemerkt Susie. »Das kann *immer noch* passieren!«
»Haha, sehr witzig«, entgegnest du. Wie kann sie in so einem Augenblick nur so sarkastsich sein?
WUMM! WUMM! Die Höhlenungeheuer hämmern weiter gegen die Tür.
»In diesem Raum bekomme ich eine Gänsehaut!«, erklärt Susie.
»Ich auch«, sagst du. Dir ist kalt bis auf die Knochen. Du drehst den Kopf und da nimmst du eine rasche Bewegung wahr.
»Wer ist da?«, fragst du nervös. Eine gute Frage …
• *Die Antwort darauf findest du in Abschnitt* 92.

41

Du windest dich und versuchst mit aller Kraft dich aus dem Griff der Kriegerinnen zu befreien. Sie halten dich zu dritt fest! Drei andere Kriegerinnen haben sich Ben geschnappt. Ihr könnt euch nicht bewegen!
Die Frauen sind unglaublich stark. Sie fesseln euch an Händen und Füßen mit einem Seil, das so aussieht, als wäre es aus Pflanzenstängeln gemacht. Die uralten Kriegerinnen heben euch hoch und tragen euch durch den Dschungel.
»Ben, was machen wir jetzt?«, fragst du ihn, während du auf den Schultern der Kriegerinnen dahinschaukelst. »Standen in deiner Broschüre irgendwelche Tipps, wie man sich gegen die Muglani wehren kann?«
»Nein«, murmelt Ben. »Hätten wir doch bloß versucht über das Teerloch zu springen! Vielleicht wären wir ihnen dann entkommen!«

»Vielleicht«, antwortest du. »Vielleicht hätten wir aber auch von Anfang an ihre Hilfe annehmen sollen!«
Ihr beide werdet jede Menge Zeit haben, das auszudiskutieren. Denn schon bald werden eure geschrumpften Köpfe nebeneinander an dem verhexten Tisch auf der Lichtung hängen. Ein kleiner fischiger Kopf und ein kleiner Kopf mit Brille.
Dann könnt ihr beiden solange zusammen HERUMHÄNGEN, wie ihr nur wollt!

ENDE

42

Im Durcheinander verlässt du unbemerkt mit Susie den Pfad und flitzt in den Dschungel hinein. Hinter euch hörst du Mrs. Wheedle brüllen: »RUUUUUHHEEEEEE!« Du kannst dir vorstellen, wie sie aussieht: mit rotem Gesicht und außer Atem.
Der Lärm legt sich und Mrs. Wheedle beginnt zu sprechen. Ihr verhaltet euch ruhig und hört ihr von eurem Versteck hinter einem riesigen Baum aus zu.
»Wir haben noch gut zwei Stunden Fußmarsch vor uns, bis wir den Lagerplatz erreichen, an dem wir heute übernachten werden. Da bleibt uns bis um drei Uhr Zeit, die *kerritatlocus* zu finden! Also, *mir nach*!«
Es hat funktioniert. Sie suchen nach der Blume. Und solange ihr vor drei Uhr wieder zu den anderen stoßt, fällt wahrscheinlich niemandem auf, dass ihr weg gewesen seid.
»Susie, hast du diese Kerritatloca-oder-wie-sie-auch-immer-Heißt wirklich gesehen?«
»Natürlich nicht!«, sagt sie und grinst von einem Ohr zum an-

deren. »Aber jetzt können wir uns hier mal richtig umsehen!« Ihr bahnt euch einen Weg durch das dichte Gestrüpp auf die Steinfüße zu, die dir vorhin ins Auge gestochen sind.
»Hier ist es, Susie!« rufst du. »Unter diesen Ranken muss eine Statue verborgen sein.«
Mit festem Griff packt ihr beide die Kletterranken und zieht sie zurück. Doch bei dem Anblick, der sich dir darbietet, gefriert dir das Blut in den Adern …

- *Geh rasch zu Abschnitt* 47.

43

»Wir sollten dorthin zurückgehen, wo wir hergekommen sind«, sagst du zu Ben, als ihr die Lichtung verlasst. »Denn dort habe ich die Früchte gesehen, die ich für Feuerherzen halte.«
»Cool!« Ben geht voraus und drückt das schwere Blattwerk aus dem Weg, während ihr einen steilen Hang hinaufsteigt.
»Jetzt ist mir klar, wieso sie in Filmen immer so große Messer benutzen«, ruft er über die Schulter zurück. »Die Blätter wachsen echt dicht!«
Ein leichter Regen setzt ein. Das Wasser fühlt sich auf deiner klebrigen Haut gut an. Auf dem Weg zurück zu dem Treffpunkt, den Mrs. Wheedle festgelegt hat, kommt ihr an einen großen knorrigen Baum.
Du hörst ein Rascheln unter deinen Füßen.
Plötzlich wirst du zusammen mit Ben in die Höhe gerissen.
Ihr seid in einem großen Netz gefangen!

- *Schleppe dich zu Abschnitt* 44.

44

In einem großen Netz gefangen, baumelt ihr an dem riesigen Baum, kreuz und quer von festen, rauen Seilen eingeschnürt.
»Wer hat dieses Netz ausgelegt?«, fragst du Ben besorgt. »Glaubst du, das waren die Medizinmänner?«
»Keine Ahnung. Ich hoffe nicht!« Deine Arme und Beine und die von Ben sind in dem riesigen Netz ineinander verschlungen. Du kannst kaum sagen, wo oben und wo unten ist!
Ein Rascheln lenkt deine Aufmerksamkeit zurück zum Boden. Eine Gruppe unglaublich großer Frauen, die mit Leder und Tierhäuten bekleidet sind, tritt zwischen den Bäumen hervor.
Sie sind sehr alt. Ihre Gesichter sind sonnengebräunt und verrunzelt und ihr weißes Haar ist zu Zöpfen geflochten. Über der Brust tragen sie lange, geschwungene Bögen und in den Händen halten sie Speere mit scharfen Spitzen.
»Das sind nicht die Medizinmänner, von denen ich gelesen habe!«, flüstert Ben dir zu.
»Sieh dir bloß mal ihre Speere an«, sagst du leise. »Und sie sehen nicht besonders freundlich aus!«
»Kriegerinnen!« keucht Ben. »In einem Comicheft habe ich einmal gelesen, dass der Fluss Amazonas nach Kriegerinnen benannt wurde. Man nannte sie … die Amazonen!«
Die Anführerin der Kriegerinnen tritt vor. Sie hebt den verzierten Speer, richtet ihn geradewegs auf dich und stößt zu!

• *Rasch, blättere zu Abschnitt* **28**.

45

Zwischen den Edelsteinen gräbst du im Boden nach Gold. Du kannst nicht widerstehen, dir ein paar Juwelen in die Taschen zu stopfen.

Einen Smaragd hier, einen Diamanten da …

Bald hast du das Gold, Susie und alles übrige vergessen. Du hast nichts anderes mehr im Kopf, als dir die Taschen mit Edelsteinen zu füllen!

Während du eifrig Juwelen aufsammelst, träumst du vor dich hin und malst dir aus, wie du deiner Mom einen tausendkarätigen Diamanten schenkst! Dabei bemerkst du gar nicht, wie die Höhlenwände um dich herum zusammenrücken.

Die Steingebilde, die von der Decke herabhängen, passen nahtlos auf die vom Boden aufragenden Stalagmiten, ähnlich einem riesigen Gebiss. Und diese glitzernden Zähne sind drauf und dran dich zu zermalmen!

Du siehst beim Einsammeln der Edelsteine gerade rechtzeitig auf.

Wenn du schnell machst, bleibt gerade noch so viel Platz, dass du den Weg zurückkriechen kannst, den du gekommen bist. Natürlich musst du vorher alle Juwelen aus den Taschen leeren, um sicherzustellen, dass du nicht an einer der Steinsäulen hängen bleibst.

Andererseits wirst du vielleicht nicht zerquetscht, wenn du dich flach zwischen zwei Stalagmiten legst! So könntest du deinen Schatz behalten. Als Finderlohn. Dann wärst du steinreich!

Du hast die Wahl!

- *Wirf die Edelsteine weg und schlüpfe hinaus zu Abschnitt* 20.

- *Oder lege dich flach auf den Boden und warte in Abschnitt* 4 *darauf, dass sich die Kammer wieder öffnet.*

46

In Bens Broschüre wird erklärt, wieso du dich in ein Monster verwandelt hast. Mit seiner Hilfe kannst du vielleicht wieder ein Mensch werden!

»Die Muglani sind ein Stamm von Medizinmännern – du weißt schon, Schamanen, Magier«, erzählt Ben. »Sie stellen verzaubertes Obst hier draußen hin, damit Menschen kommen und in grässliche Monster verwandelt werden. Sie können Menschen nicht ausstehen. Am liebsten würden die Muglani alle Menschen in Tiere oder Monster verwandeln!«

»Steht irgendetwas darüber drin, wie man den Hexenbann aufheben kann?«, fragst du Ben mit rauer Stimme.

»Laut der Broschüre gibt es eine sagenumwobene Frucht, die den Muglani-Zauber auflösen kann. Sie heißt Feuerherzfrucht«, liest Ben dir aus der Broschüre vor.

»Ich erinnere mich daran, dass uns Mrs. Wheedle Früchte gezeigt hat, die wie kleine rote Herzen aussahen. Vielleicht sind das Feuerherzfrüchte!«, sagst du aufgeregt zu Ben. »Hilfst du mir, sie zu finden?«

»Natürlich«, sagt Ben gutmütig. »Immerhin hast du mich davon abgehalten, die verhexte Banane zu essen!«

»Wir sollten uns beeilen«, sagst du mit einem Blick auf die Uhr. »Es ist schon zwanzig nach zwei! Wir müssen um drei zurück sein, sonst dreht uns Mrs. Wheedle den Kragen um!«

»In welcher Richtung stand der Baum, den du gesehen hast? Nach links oder nach rechts?«, fragt Ben.

- *Wirf eine Münze! Wenn sie Kopf zeigt, geh zu Abschnitt* **43**.
- *Wenn sie Zahl zeigt, geh zu Abschnitt* **103**.

47

Die Kletterranken fallen zu beiden Seiten der Statue zurück. Ein grässliches Ungeheuer aus glänzendem, weißem Stein grinst dir mit irrem Blick entgegen. Es hat hervorstehende Augen und lange, scharfe Zähne. Es sieht wie eine mutierte Katze aus!
»Das ist echt unheimlich«, sagt Susie. »Ich bekomme schon eine Gänsehaut, wenn ich es nur anschaue.«
Du hörst etwas anderes. Es klingt wie ein leise, tiefes Knurren. Es hört sich an, als käme es von der Statue!
Du spürst einen heißen Schwall abgestanden riechender Luft im Gesicht und bemerkst plötzlich, dass kleine Gipsstücke von der Statue abbröckeln.
Was geht denn hier vor sich?, denkst du. Du schüttelst den Kopf und blinzelst ein paar Mal schnell, doch das hilft nichts. Das große steinerne Ungeheuer hebt eine krallenbewehrte Vordertatze und zerreißt damit die letzten Ranken, die es noch umgeben. Zerfetzt fallen sie auf die Erde!
»LAUF«, schreit Susie und packt dich. Aber in welche Richtung? Es gibt zwei Pfade, die von der Stelle wegführen, an der ihr euch befindet.
Wenn du den Weg zu deiner Linken entlangschaust, siehst du einen kleinen Teich und einen Wasserfall. Vielleicht kannst du vor dem Ungeheuer davonschwimmen! Zu deiner Rechten erblickst du eine Lichtung, auf der schwere Holzknüppel und Steine liegen.

- *Wenn du dem Ungeheuer mit Holzprügeln und Steinen bewaffnet entgegentreten willst, dann flitz zu Abschnitt* **11**.
- *Wenn du dein Glück im Wasser versuchen willst, dann geh rasch zu Abschnitt* **68**.

48

Das Ungeheuer walzt zwei Schritte auf dich und Susie zu, als es plötzlich aufjault und zu zittern beginnt! Auf einmal sieht es gar nicht mehr wie ein wildes Monster aus, sondern eher wie ein verschreckter kleiner Hund. Es wirkt völlig verängstigt!
Den Schwanz zwischen die Beine geklemmt und winselnd macht das Ungeheuer kehrt und rennt davon! Du bist so verdattert, dass dir der Knüppel aus der Hand fällt.
»Das glaub ich einfach nicht«, rufst du Susie zu. »Was ist passiert?«
»Es sah aus, als ob es sich vor etwas fürchtete!« antwortet Susie. »Vielleicht verträgt es die pralle Sonne nicht. Oder vielleicht hat es Angst vor Gras!«
»Haha, sehr witzig!«, erwiderst du, während du den Blick über die Lichtung schweifen lässt. Dabei sticht dir der Holztisch ins Auge, den du zuvor schon bemerkt hast. Auf einmal hast du bei seinem Anblick ein mulmiges Gefühl.
»Vielleicht hat sich das Ungeheuer vor diesem Tisch gefürchtet«, überlegst du laut, während du auf das steinalte Möbel zuschlenderst.
»Was soll an einem Tisch schon erschreckend sein?«, fragt Susie spöttisch und streicht sich die dicken braunen Haarsträhnen aus den Augen.
»Ich weiß nicht.« Du zuckst die Achseln und beugst dich über

den riesigen Holztisch, um ihn dir genauer anzusehen. Da stellst du fest, dass von der Tischplatte Schrumpfköpfe herabhängen!
Geschrumpfte *menschliche* Köpfe!
- *Geh rasch zu Abschnitt* **110**.

49

»Lauf!«, brüllt Ben. »Der Drache ist hinter dir her!«
Rasch schiebst du die matschige Feuerherzfrucht in die Tasche. Ben rennt bereits den Gang entlang zum Ausgang.
Du willst ebenfalls loslaufen, doch da rutschst du auf einem Stein aus und knallst auf den Boden. Dir bleibt die Luft weg und, was noch viel schlimmer ist, dein Knüppel rollt davon!
Der Drache stößt ein zorniges Gebrüll aus und stürzt sich auf dich. Sein Gewicht drückt dich zu Boden.
Zisch! Da liegst du, Auge in Auge mit einem tödlichen Drachen!
- *Blättere zu Abschnitt* **133**, *bevor es zu spät ist!*

50

Du überlegst dir, dass du genauso gut versuchen kannst, mit dem Muglani zu reden. Wenn du davonläufst, belegt er dich womöglich mit einem weiteren Zauberbann.
»Entschuldigung, Sir«, sagst du, während du zurücktrittst, um ihm in die Augen sehen zu können. »Sind Sie einer der Medizinmänner, die mich in ein Monster verwandelt haben?«

»Ja, das bin ich«, antwortet er mit starkem Akzent. Trotzdem wunderst du dich ein bisschen, dass dieser uralte Volksstamm Englisch spricht.
»Und du bist sehr gut damit umgegangen. Ihr habt euch beide geschickt angestellt«, fügt der geheimnisvolle Medizinmann hinzu und lächelt euch an.
»Wie meinen Sie das?«, fragt Ben.
»Ihr habt den Fruchtherzbaum gefunden! Ihr habt die Prüfung bestanden!«, erklärt der Muglani. Rings um euch herum treten weitere Muglani aus dem Dschungel hervor. Einige von ihnen sind Männer, einige sind Frauen; sogar ein paar Kinder sind darunter. Sie alle tragen Leopardenfellumhänge und halten Zepter in den Händen.
»Wir haben die ganze Sache eingefädelt!«, erklärt der Muglani. »Wir haben den Jugendforscher-Abenteuerklub mittels Zauberei geschaffen und dafür gesorgt, dass ihr beide die Lichtung mit dem verzauberten Obst gefunden habt!«
»Sie meinen, das Ganze war ein Test?«, fragst du.
»Ja«, kichert der Medizinmann. »Und ihr habt ihn bestanden und gewonnen!«
»Aber was genau haben wir gewonnen?«, fragt Ben nervös.
- *Geh zu Abschnitt* **99**, *um das herauszufinden.*

51

Du blickst dem steinernen Ungetüm in die hervorquellenden Augen. Es sieht ein wenig wie ein chinesischer Paradedrachen aus, denkst du. Als es das Maul zu einem grässlichen Grinsen verzieht, siehst du seine scharfen Zähne. Du musst dringend etwas unternehmen!

Nachdem das Ungeheuer aus Stein ist, kann es wahrscheinlich nicht schwimmen.
Es gibt nur einen Haken: Du kannst es auch nicht!
Verzweifelt schaust du dich um und entdeckst neben dir auf dem Boden einen dicken Stock. Damit könntest du vielleicht das Ungetüm abwehren. Oder du könntest dich an der Oberfläche halten, wenn du ins Wasser springen würdest. Du hebst ihn auf.
Das Steinmonster schlägt wütend mit dem Schwanz und leckt sich mit seiner gewaltigen Zunge, die mit Kieselsteinen bedeckt ist, über das Maul.
Wie soll es nun weitergehen? Riskierst du es, zu ertrinken, oder willst du es mit dem Ungeheuer aufnehmen?
Jedenfalls entscheidest du dich besser schnell, bevor es dich angreift!

- *Wenn du mit dem Stock gegen das steinerne Ungeheuer kämpfen willst, geh zu Abschnitt* **112.**
- *Wenn du mit dem Stock ins Wasser springen willst, geh zu Abschnitt* 78.

52

Dir ist klar, dass es für euch kein Zurück gibt. Nicht, solange diese monströse Brunnenfigur da draußen wartet. Die Höhle ist eure einzige Hoffnung. Aber es ist wirklich schrecklich dunkel und unheimlich da drinnen.
»Geh du als Erste, Susie«, sagst du, während du dich aus dem Wasser auf die Felsen hievst. Du deutest mit einer vagen Handbewegung auf die Höhle. »Wenn du so mutig bist, dann geh voran!«

»Okay, du Feigling, folge mir«, sagt sie, als sie in den Eingang der Höhle tritt. Du bleibst ihr dicht auf den Fersen.

Ihr seid beide klatschnass und zittert. Aber hier drinnen weht eine warme Brise, die euch trocknet, während ihr durch die Höhle tappt.

Deine Augen gewöhnen sich langsam an die Dunkelheit und du siehst, dass die Höhlenwände aus zerklüfteten Felsen bestehen.

Vorsichtig bewegt ihr euch durch die Dunkelheit. Susie warnt dich, wenn sie auf Felsbrocken oder Löcher im Boden stößt. Es kommt euch so vor, als würdet ihr eine Ewigkeit durch die Höhle wandern. Da siehst du etwas völlig Unerwartetes ... Licht!

»Sieh nur!«, rufst du Susie aufgeregt zu. »Das muss der Ausgang sein!«

- *Klettere zu Abschnitt* 88.

53

»Es ist wirklich nett von Ihnen, mir Ihre Hilfe anzubieten«, sagst du, während du langsam und unauffällig vor den Kriegerinnen zurückweichst.« »Aber wir müssen jetzt dringend los.« Immerhin hat diese Kriegerin einen Schrumpfkopf in der Tasche. Und außerdem sind sie alle mit Speer und Pfeil und Bogen bewaffnet. Du kannst ihnen nicht trauen. Sie sind einfach zu gefährlich.

»Es war schön, Sie kennen zu lernen«, meint auch Ben. »Man sieht sich!«

Das Gesicht der Kriegerin läuft rot an, als ihr zu den Bäumen geht. Sie schnippt mit den Fingern und sofort heben alle Kriegerinnen die Speere und richten sie auf euch!

Ben und du, ihr schnappt vor Schreck nach Luft! Kalter Schweiß bricht dir aus und läuft dir das Rückgrat hinunter.
»Also gut«, sagt die Kriegerin. »Ich gebe es zu. Wir haben das verhexte Obst hier aufgestellt und dich in ein Monster verwandelt. Wir sind die Muglani. Und wir wollen eure Köpfe!«
• *Rasch, blättere zu Abschnitt* 39.

54

»Komm, wir versuchen uns über das Teerloch zu schwingen!«, schlägst du Ben vor. Die Kriegerinnen sind schon dicht hinter euch. Ihr habt keine Zeit zu verlieren!
Du greifst nach der Liane, aber in dem Moment kommt eine warme, tropische Brise auf. Sie bläst die Liane aus deiner Reichweite.
»Beeil dich!«, schreit Ben. »Die Kriegerinnen kommen!«
Du streckst den Arm aus und versuchst die Liane doch noch zu erhaschen. Da packen raue, wettergegerbte Hände deine Arme. Es ist zu spät! Die Kriegerinnen haben euch erwischt!
• *Nimm in Abschnitt* 41 *den Kampf auf.*

55

»Lass uns versuchen um die Lava herumzugehen«, sagst du zu Susie.
Der Lavatümpel brodelt zischend und lässt eure Gesichter in einem unheimlichen Orange erglühen. Vorsichtig tretet ihr den Weg seitlich um den Lavatümpel herum an.

Doch da rutschst du mit dem Schuh ab!
Du verlierst das Gleichgewicht und ruderst wild mit den Armen. Im letzten Moment streckt Susie die Hand nach dir aus und zieht dich zu sich.
Du schaust auf den klebrigen, angeschmolzenen Gummiabsatz deines Schuhes hinab. »Meine Güte, danke, Susie«, sagst du. »Du hast mir das Leben gerettet.«
»Ich schätze, du schuldest mir einiges«, sagt sie mit einem Lächeln. »Aber wir sollten besser weitergehen, bevor diese watteköpfigen Ungeheuer einen Weg finden, uns zu folgen.«
Ihr geht weiter um die glühende Lava herum und dann einen engen Gang entlang. Der öffnet sich schließlich in …
… eine riesige, von Fackeln erleuchtete Höhle! IHR SEID IM KREIS GELAUFEN! Die Höhlenwesen jubeln und lachen, als sie euch wieder in ihre Mitte nehmen. Sie packen euch an den Armen und führen euch zurück zu König Wattekopf, der auf der Pyramide auf seinem Thron sitzt.

- *Geh zu Abschnitt* **135**.

56

Das winzige Fischmaul verfehlt deine Nase nur um Zentimeter. Dann platscht der Fisch, der Ähnlichkeiten mit einem Piranha hat, wieder ins Wasser.
Du trittst zurück, atmest tief durch und holst die Sanduhr aus der Tasche.
»Sieh nur!«, sagst du und hältst das Stundenglas in die Höhe. »Unsere Palooka ist beinahe um! Wir müssen uns das Gold holen. Und zwar schnell!«
»Ich weiß!«, erwidert Susie. »Während ich auf dich gewartet

habe, habe ich versucht das Gold mit dem Stock herauszufischen. Aber die Biester haben den Stock gefressen!« Sie hält den kurzen nassen Stummel eines Astes hoch.
Du lässt den Blick durch die Höhle schweifen. Die Wände scheinen nass zu sein, aber als du näher hinsiehst, stellst du fest, dass sie über und über mit kleinen gelben Flecken gesprenkelt sind. Sie sind mit schleimigen kleinen gelben Nacktschnecken übersät!
»Ich habe eine Idee!«, rufst du aufgeregt und holst dein kleines Armeemesser aus der Gesäßtasche. Dann ziehst du den Schnürsenkel aus einem deiner Schuhe und bindest das Messer mit ausgeklappter Klinge daran. Nun löst du behutsam eine der Schnecken von der Wand und setzt sie auf den hausgemachten Angelhaken.
»Wir gehen angeln!«, verkündest du. Doch mit diesem Köder fängst du womöglich mehr, als dir lieb ist.
- *Geh zu Abschnitt* **119***, um zu erfahren, was du fängst.*

57

Du warst drauf und dran, auf die Lichtung und zum Baum zu laufen. Doch Ben hat dich gerade noch rechtzeitig zurückgehalten!
Von eurem Versteck aus beobachtest du, wie Mrs. Wheedle mit den übrigen Juniorforschern im Schlepptau die Lichtung betritt.
»Hmmm«, murmelt Mrs. Wheedle. »Ich kann die *Kerritatlocus* nirgends sehen! Wo könnte diese Pflanze nur sein?«
»He, Mrs. Wheedle«, ruft Bill Green. »Wie heißt dieser tolle Baum mit den Früchten?«

»Der wissenschaftliche Name will mir im Moment nicht einfallen, aber hier am Amazonas nennt man ihn Feuerherzbaum.«

Du bist so völlig aus dem Häuschen, als du hörst, dass dieser Baum tatsächlich ein Feuerherzbaum ist, dass du aufschreist.

»Ja!«, brüllst du.

»Was war das für ein Geräusch?«, will Mrs. Wheedle wissen.

»Es klang so, als wäre es von da drüben gekommen«, sagt Bills kleiner Bruder Fred. Er deutet in die Richtung deines Verstecks.

»Was machen wir jetzt?«, flüstert Ben. »Sollen wir ihnen erzählen, wer du bist? Oder solltest du sie besser erschrecken und verscheuchen? Immerhin werden sie dich nicht erkennen!«

- *Wenn du hervortreten und erklären willst, was mit dir passiert ist, geh zu Abschnitt* **18.**
- *Wenn du hervorspringen, sie erschrecken und verscheuchen willst, geh zu Abschnitt* **129.**

58

Gemeinsam mit Susie rennst du den hohen Gang entlang.

»Wo sollen wir das Gold suchen?«, fragst du dich laut.

»Ich habe keine Ahnung«, antwortet Susie. »Das ist nicht gerade eine gewöhnliche Schnitzeljagd. Auf Gold zu stoßen ist ziemlich schwierig!«

Der Gang ist breit und von Laternen, die etwa alle zwei Meter an den Wänden hängen, gut beleuchtet. Kleine Gänge zweigen von diesem Hauptgang ab.

»Schnell, lass uns den hier nehmen«, drängt Susie. Sie deutet auf einen Gang, der sich abwärts schlängelt. »Weiter unten, näher am Erdmittelpunkt, könnte es Gold geben.«

Über dir siehst du einen Gang, der senkrecht nach oben führt. Eine Leiter ist in den Stein gehauen.

- *Möchtest du den Gang nehmen, der abwärts führt? Dann geh zu Abschnitt* **14**.
- *Willst du stattdessen über die Leiter nach oben steigen? Dann klettere zu Abschnitt* **98**.

59

»Heißa!«, schreist du und springst auf den Schädel des Tigers, der dir am nächsten ist. Deine Schuhe haben den altersschwachen Schädel kaum berührt, da fällt das ganze Skelett in sich zusammen.

KNIRSCH!

Du landest auf einem wirren Haufen Tigerknochen. Autsch! Es fühlt sich an, als hättest du dir den Fuß verzerrt. Und du kannst einen Arm nicht bewegen.

Jetzt stürzt der andere Tiger auf dich los, aber nachdem du nun weißt, wie zerbrechlich sie sind, verpasst du dem Skelett mit dem unverletzten Bein einen Tritt und zerlegst es damit in seine Einzelteile.

Wegen der beiden Tiger brauchst du dir keine Sorgen zu machen. Wie du allerdings aus der Grube herauskommst, ist eine andere Geschichte.

Dein Arm wird langsam taub und dein Bein fühlt sich an, als hätte jemand eine Lötlampe darauf gerichtet. Du wirst nirgendwohin gehen!

Du brüllst um Hilfe. Doch bis dich hier jemand findet, wird man deine Knochen kaum noch von denen der Tiger unterscheiden können.

Zerbrich dir aber deshalb nicht auch noch den Kopf, denn hier ist für dich

ENDE

60

»Bitte hilf mir, meinen Fuß auszubuddeln, Ben«, schreist du. »Wenn wir versuchen sie zu ertränken machen wir sie damit womöglich nur noch wütender.«
»Okay«, antwortet Ben. Er hebt den Stock von der Erde auf, kniet sich vorsichtig hin und stochert damit in dem Ameisenhügel herum.
Während Ben gräbt, rennen die Ameisen aufgescheucht hin und her. Sie sind leuchtend rot und haben winzige Zangen. Du starrst sie fasziniert an.
Ganz plötzlich bist du schrecklich hungrig.
Bevor du etwas dagegen unternehmen kannst, schießt deine Zunge hervor. Sie ist dick und lang und klebrig! Mit einem Wisch sammelt sie einige dutzend roter Ameisen ein.
KNACK! Die Ameisen schmecken lecker.
Ben guckt dich verdattert an.
»Wow!«, ruft er. »Das ist vielleicht eine Zunge!«
PLATSCH! Wieder schießt deine Zunge hervor. Die Ameisen bleiben zu hunderten daran kleben. Es dauert nicht lange und du hast sie alle aufgefuttert!
Du ziehst den Fuß aus dem zerstörten Ameisenhügel.
»Ich schätze, ich war echt hungrig!«, erklärst du Ben, während du dir die letzten paar Ameisenkrümel vom Mund wischst.
»Das war krass!«, ruft Ben. »Aber wir sollten jetzt besser ge-

hen. Uns bleibt nur noch eine halbe Stunde, bis Mrs. Wheedle und der Rest der Gruppe zu unserem neuen Lagerplatz aufbrechen! Und bis dahin müssen wir den Feuerherzbaum gefunden haben!«

• *Geh zu Abschnitt* 24.

61

Ein einzelner großer Fisch ist in dem Becken mit dem Goldklumpen verblieben. Der riesige Piranha rast durchs Becken und zieht deine selbst gemachte Angelleine, die ihm aus dem Maul hängt, hinter sich her.
»Sieh dir bloß mal an, wie groß der Bursche ist!« rufst du aufgeregt.
»Er ist gigantisch«, pflichtet dir Susie bei.
Du packst den Schnürsenkel und ziehst den großen Fisch mit einem Ruck aus dem Wasser. Du hältst ihn weit von deinem Körper fern und legst ihn auf dem Höhlenboden ab. Die Messerklinge ragt aus seiner Backe hervor.
Susie watet durch das leere Becken und streckt gerade die Hand nach dem Goldklumpen aus, da hörst du eine schwache, japsende Stimme.
»Lasst mich frei!« Der Piranha spricht zu euch!
»Wenn ihr mich ins Becken zurückwerft, gewähre ich euch einen Wunsch«, gurgelt der Fisch aus seinem aufgerissenen Maul.
»Dieser Fisch spricht!«, rufst du Susie erstaunt zu. Du kannst es selbst kaum glauben.
»Komm schon. Dafür haben wir jetzt keine Zeit!«, schreit Susie und schnappt sich das Gold. »Wir müssen schleunigst zum

König zurück. Wir haben das Gold, das er haben wollte! Lass den Fisch einfach liegen und nichts wie los!«

- *Geh zu Abschnitt* **105**, *um den Fisch ins Becken zurückzuwerfen und dir etwas zu wünschen.*
- *Wenn du stattdessen schnurstracks zum Thronsaal rennen willst, geh zu Abschnitt* **130**.

62

Die Kriegerinnen führen dich auf der Suche nach einer Feuerherzfrucht durch den Dschungel. Obwohl die Frauen recht alt aussehen, marschieren sie schnell! Sie gleiten so anmutig durch den Dschungel, dass sich dabei kaum ein Blatt bewegt.

Während du hinter den Kriegerinnen herläufst, wirst du schrecklich hungrig. Obwohl du doch gerade erst eine Birne verspeist hast, hat du das Gefühl, schon seit Tagen nichts mehr gegessen zu haben. Vielleicht werden Monster schneller hungrig als Menschen.

Dein Magen knurrt laut und die Blätter des Dschungels verschwimmen dir vor den Augen. Du glaubst jeden Moment ohnmächtig zu werden! Du musst schleunigst etwas essen!

Ist das da drüben etwa ein Orangenbaum? Ja! Wow! Eine Orange wäre jetzt genau das Richtige!

Die Orangen duften wunderbar! Doch da fällt dir ein, dass du beim letzten Mal, als du eine Frucht gegessen hast, in ein graues Monster mit hervorstehenden schwarzen Augen und spitzen Krallen verwandelt worden bist. Diese Früchte können nicht verhext sein!, beruhigst du dich. Schließlich wachsen sie auf einem Baum mitten im Dschungel! Sie müssen in Ordnung sein!

Dein Magen knurrt wieder. Hol dir eine Orange!

Oder vielleicht könntest du die Kriegerinnen um etwas zu essen bitten.

- *Wenn du dir eine Orange holen willst, blättere zu Abschnitt* **69**.
- *Wenn du die Kriegerinnen um etwas zu essen bitten willst, blättere zu Abschnitt* 5.

63

Von allen Seiten treten dunkle Gestalten aus dem Schatten hervor. Sie kommen auf euch zu und umringen euch. Manche von ihnen sind kleiner als du, andere sind größer.
Als sie ins Licht der Fackeln treten, stellst du mit einem Schauer fest, das ihnen etwas ganz und gar Unmenschliches anhaftet!
Das Erste, was dir auffällt, sind ihre bizarren Köpfe. Die sehen wie abscheuliche Wattebälle aus! Sie sind vollkommen rund und mit einem weißen Flaum bedeckt, der Moos ähnelt. Ihre Augen sind große, geleeartige, weiße glänzende Kugeln!
So angewidert, wie du von ihren Köpfen bist, fällt dir kaum auf, dass ihr Körper mit dicken, grauen steinartigen Schuppen überzogen ist! Es sieht fast so aus, als hätte sie jemand in Klebstoff getaucht und anschließend in Rollsplitt gewälzt.
Was sind das für Wesen? Eine verschollen geglaubte Rasse von Höhlenmenschen? Mit großen Glubschaugen, die ihnen helfen, im Dunkeln zu sehen? Vielleicht wird man so, wenn man sich zu lange im Untergrund aufhält!, denkst du.
Sie kreisen dich und Susie ein. Dir schlottern die Knie, als die Wesen näher rücken.

- *Sind sie eure Freunde oder eure Feinde? Gehe schnell zu Abschnitt* **91**!

64

»Oh, Mrs. Wheedle«, ruft Susie laut. Die Gruppe bleibt stehen. »Wie war doch gleich der Name dieser extrem seltenen Blume, die Sie heute Morgen beschrieben haben? Die, nach der all diese berühmten Wissenschaftler suchen?«
»Welche? Du meinst die *Amaryllis kerritatlocus*?«
»Ist das die mit den sonderbar verdrehten orangen Blütenblättern und den blauen Stängeln?«, fragt Susie mit Unschuldsmiene.
»Ja, in der Tat«, antwortet Mrs. Wheedle. Aufgeregt beginnt sie ihre Hände zu kneten. »Was ist mit der *kerritatlocus*?«
»Ich hab sie gesehen!« Susie schreit fast. »Ganz bestimmt!«
»Wo? Wo?« Mrs. Wheedle macht vor Freude einen kleinen Luftsprung.
»Ich glaube, es war da hinten«, sagt Susie und deutet hinter sich. »Oder vielleicht war es auch dort …«, meint sie und zeigt nach links.
»Wir sollten uns aufteilen und danach suchen!«, schlägst du vor.
Alle Kinder fangen gleichzeitig zu reden an. Das ist eure Chance, euch unbemerkt abzusetzen!

- *Rasch! Schleich zu Abschnitt* **42**.

65

Du kaust auf der Birne herum, die du dir aus dem Korb auf dem Tisch genommen hast. Sie schmeckt wunderbar kühl und süß. Birnensaft tropft dir über das Kinn hinunter.

»Bist du verrückt?« Susie ist verärgert. »Du hast keine Ahnung, wo dieses Obst herkommt. Es könnte vergiftet sein! Vielleicht haben all diese Leute von den Früchten gegessen!« Dabei deutet sie auf die Schrumpfköpfe.
»Ich konnte einfach nicht anders«, erklärst du, während du gierig einen weiteren Bissen nimmst. »Es duftet so gut. Da konnte ich nicht widerstehen. Ich glaube nicht, dass es vergiftet ist«, beruhigst du sie. »Dazu schmeckt es viel zu lecker«.
Doch nur wenige Sekunden, nachdem du den zweiten Bissen der saftigen Birne hinuntergeschluckt hast, wird dir schwindlig.
Der Boden unter deinen Füßen beginnt sich zu drehen. Die Bäume beugen sich über dich und werfen wirbelnde Schatten auf dich herab. Die Blätter an den Bäumen tanzen Ringelreihen.
Susies Gesicht dreht sich und dreht sich und dreht sich …
»Was ist los mit dir?«, hörst du sie verzweifelt schreien.
• *Wirbel zu Abschnitt* 94.

66

Der Drache hockt nun zusammengekauert hinter dem Feuerherzbaum. Du rennst zum Ausgang der Höhle.
Beim Laufen spürst du, wie sich die häutige Kapuze um deinen Kopf auffaltet und auf deinen schuppenbedeckten Nacken und Rücken zurückfällt. Du hattest keine Ahnung, dass du sie hast, bis du sie brauchtest.
»Ben!«, rufst du. »Alles in Ordnung mit dir?«
»Du hast es geschafft!«, brüllt er. »Ich kanns kaum glauben! Ich dachte schon, du wärst erledigt!«

»Von wegen! Ich hab dem Drachen Angst eingejagt! Und sieh mal, ich habe eine Feuerzherzfrucht!«
Die Frucht in deiner Hand pulsiert noch immer. Du starrst sie an und freust dich, dass du sie in dem Getümmel nicht zerquetscht hast. Die blutrote Schale glänzt und ist schlüpfrig.
»Ich und erledigt?«, sagst du und gräbst die Zähne in die warme Frucht.
• *In Abschnitt* 96 *erfährst du, was daraufhin passiert.*

67

»Lauf um dein Leben, Ben!«, schreist du und duckst dich unter der Hand des Medizinmannes weg.
»Uomlacka sacka!«, befiehlt der Medizinmann in einer fremden Sprache. Unversehens kommt ein kräftiger Wind auf.
»Koo boot a lunga!«, schreit der Muglani jetzt und sofort tauchen aus dem Nichts acht weitere Medizinmänner auf, die silberne Roben tragen! Sie sehen alle genauso aus wie der Erste, mit Streifen im Gesicht und riesigem Federschmuck auf dem Kopf. Sie müssen magische Doppelgänger sein! Mit wütendem Knurren jagen die Medizinmänner hinter euch her.
Ben rennt in eine Richtung, du in die andere. Vier der Doppelgänger verfolgen dich, als du dich durch den Dschungel kämpfst. Du hetzt über Wurzeln und kleine Pflanzen hinweg, duckst dich unter tief hängenden Ranken und Ästen hindurch. Schließlich gelangst du an einen Fluss. Schlammiges Wasser rauscht an dir vorbei.
Von einem gewaltigen Baum hängen ein paar dicke kräftige Lianen herab.
Die Medizinmänner springen aus dem Dickicht heraus ans

Flussufer. Aus ihren Mündern ertönt dasselbe meckernde bösartige Lachen. Wie auf Kommando strecken sie alle gleichzeitig die Hände aus, um dich zu packen.
Rasch ergreifst du eine Liane, um dich daran über den Fluss zu schwingen. Du hoffst, dass sie so robust ist, wie sie aussieht!

• *Schwing dich zu Abschnitt* 85.

68

Ihr rennt auf den Wasserfall zu. Vielleicht könnt ihr das riesige Ungetüm auf diese Weise abhängen. Das steinerne Monster, das euch jagt, sieht ein bisschen wie eine Katze aus, findest du. Und Katzen können Wasser nicht ausstehen, stimmts?
Ein Stück vor euch liegt ein kleiner See inmitten tropischer Pflanzen und Blumen. Darüber stürzt in etwa fünfzehn Meter Höhe ein breiter Bach in Kaskaden in den Teich und erzeugt einen dichten Wassernebel.
»Spring ins Wasser!«, schreit Susie. Wie eine Kanonenkugel schnellt sie vom moosbedeckten Ufer aus in den See.
Du siehst dich um. Das steinerne Ungetüm taucht hinter dir auf dem Pfad auf und schnappt wütend mit dem grässlichen Maul in die Luft. Es spannt die kräftigen Beinmuskeln an, als wolle es sich jeden Moment auf dich stürzen.

• *Geh zu Abschnitt* 51.

69

Du beschließt, dass du nicht alle aufhalten willst, indem du nach etwas zu essen fragst. Stattdessen holst du dir lieber rasch eine Orange.

Du trittst unter den Orangenbaum, um dir eine Frucht zu pflücken. Doch da stellst du fest, dass der Boden unter deinen Füßen einsackt!

Du stürzt in die Tiefe und greifst schnell nach dem Rand der Grube.

Deine Finger schrappen über kleine Steine, die in der weichen Erde stecken, aber du findest keinen Halt. Du saust weiter hinab, während du mit den Armen durch die Luft ruderst, und landest kopfüber mit einem PLOPP! Du liegst in einer Art Grube.

Steile, rechteckige Wände ragen ringsherum fünf Meter in die Höhe. Über dem Grubenrand kannst du die leuchtend grünen Blätter des Dschungels sehen und darüber den blauen Himmel.

»Hallo!«, rufst du zu Ben und den Kriegerinnen hinauf. »Könnt ihr mich hören? Ich bin in eine Grube gefallen! Helft mir!«

Doch von oben ist nichts zu vernehmen. Sie sind zu weit weg, um dich hören zu können. Wenn sie doch bloß nicht so schnell marschieren würden!

Nun sitzt du in der Falle!

- *Geh zu Abschnitt* 80.

70

Der König beugt sich zu dir herab und schiebt sein Gesicht ganz dicht an deines heran. Er legt dir seine Hand auf die Schulter und schaut dir tief in die Augen.
»Warst du in meiner hoch geschätzten Juwelenhöhle?«, fragt er dich mit ernster Miene.
»Wovon redet er?«, fragt dich Susie.
Sag die Wahrheit: Bist du in der Juwelenkammer gewesen oder nicht?

- *Wenn du in der Juwelenkammer gewesen bist, dann geh zu Abschnitt* **123**.
- *Wenn du noch nicht einmal weißt, wovon der König redet, dann geh zu Abschnitt* **106**.

71

In Cronbys winziger Hand liegen zwei kleine schimmernde Goldklümpchen! Wow! Wenn du die von dem Troll bekommen würdest, wäre das bereits mehr als die halbe Rückfahrkarte.
»Ich spiele mit dir um das Gold«, bietet dir Cronby an.
»Was für ein Spiel?«
»Nachdem du dich vor nichts fürchtest, stelle ich dir eine Frage zu etwas, das zum Fürchten ist. Wenn du sie richtig beantwortest, bekommst du das Gold und ich zeige dir, wo deine Freundin ist.« Er weißt also *wirklich,* wo Susie ist!
»Was ist, wenn ich sie falsch beantworte?«
»Nun, dann behalte ich das Gold und deine Freundin.« Der Troll hat ein bösartiges Glitzern in den Augen. »Weißt du, ich

esse gerne Menschen. Sie sind so schön zäh! Wenn du verlierst, musst du mir helfen, Susie in meine Küche zu tragen. Sie ist viel zu schwer, als dass ich sie alleine schleppen könnte.« Er kichert in Vorfreude.

»Kommt überhaupt nicht in Frage!«, rufst du entrüstet. Nie und nimmer wirst du das Leben deiner besten Freundin verwetten.

»Aber ich fürchte, dir bleibt keine Wahl!«, flüstert der Troll. »Wie willst du sie retten? Du weißt ja noch nicht einmal, wo sie ist!« Cronby wirft den Kopf zurück und lacht schallend.

Der Troll hat Recht. Du musst dich wohl oder übel auf sein Spiel einlassen.

- *Geh zu Abschnitt* **15**, *wo sich dein Schicksal entscheidet … und das von Susie!*

72

Es ist ein Alligator! In diesem Dschungelfluss wimmelt es nur so von diesen Tieren. Der Alligator zerrt dich auf den Grund des Flusses hinab. Seine Zähne halten dein Bein wie in einem Schraubstock fest. So heftig du auch strampelst und dich wehrst, du bekommst es nicht frei.

Seltsamerweise tut es gar nicht richtig weh, aber du wirst allmählich wütend. Du ziehst den Alligator näher an dich heran und beißt ihn in den Hals. Immerhin verfügst du über zwei Reihen scharfer Monsterzähne!

Augenblicklich lässt dich der Alligator los und schwimmt davon.

Ja! Du hast einen Alligator in die Flucht geschlagen!

Das werden dir die anderen Kinder in der Schule nie und nim-

mer glauben! Nun musst du nur noch nach Hause zurückkehren, um ihnen davon erzählen zu können!
Es wird Zeit, dich auf die Socken zu machen und alles wieder in Ordnung zu bringen.
Bestimmt werden dir Mrs. Wheedle und die anderen dabei helfen, herauszufinden, wie du dich in einen Menschen zurückverwandeln kannst, sobald ihnen klar geworden ist, wer du bist. Die Lösung muss bei dem Tisch mit dem Obst zu finden sein!
Mit ein paar flinken Schwimmstößen erreichst du das Flussufer. Du ziehst dich aus dem Wasser und richtest dich auf.
O nein! Deine Kiemen saugen und pumpen vergeblich. Deine Augen brennen! Du bekommst keine Luft!
Du bist drauf und dran zu ersticken!

• *Schnell! Flitz zu Abschnitt* 35.

73

»O nein!«, schreist du gleichzeitig mit Susie, als ihr die glatte Steinrutsche hinabgleitet.
RUMMS! Ihr landet auf dem Tunnelboden. Zurück an eurem Ausgangspunkt.
»Na toll!«, sagt Susie und verdreht die Augen. »Wir waren beinahe draußen!«
»Tut mir Leid«, sagst du. »Aber zumindest ist das Stundenglas unbeschädigt geblieben!«
Du hältst es hoch, damit Susie es sehen kann.
»Komm mit«, sagt sie stöhnend. »Wir müssen das Gold für den König finden – und zwar schnell!«
»Susie«, sagst du. »Es tut mir echt Leid.«

»Mach dir keinen Kopf deswegen!«, erwidert sie. Und du bist dir sicher, sie ist eine so gute Freundin, dass sie den Vorfall nie wieder erwähnen wird. »Die Zeit läuft uns davon«, sagt Susie. »In welche Richtung gehen wir am besten?«

• *Geh zu Abschnitt* **14**.

74

»Die kleine Schwester wird ›Tara, der Bruderschreck‹ genannt!«, verkündest du selbstsicher.
»ARRRRGH!« Der Troll hüpft im Viereck. »Das glaube ich einfach nicht! Du hast richtig geraten!«
Du vollführst einen Luftsprung! Du hast es geschafft!
»Gib mir mein Gold!«, verlangst du von Cronby.
Mit Tränen in den Augen zieht Cronby drei dicke Goldklumpen aus der Tasche seiner kleinen Hose hervor und reicht sie dir.
»Und jetzt zeig mir, wo Susie steckt!«, befiehlst du ihm. Du wirfst einen Blick auf das Stundenglas – dir bleibt noch etwa ein Fünftel der Palooka. Du folgst dem Troll zum Eingang des Gangs, wo Susie sitzt, verschnürt wie ein Paket. Cronby bindet sie los und trippelt davon.
»Ich habe unser Gold!«, rufst du aufgeregt.
»Das ist Spitze!« Sie klatscht dir in die hochgereckte Hand. »Wie hast du das geschafft?« Du erzählst ihr die ganze Geschichte auf dem Weg zur Pyramide.
Als ihr beiden die große Kammer erreicht, rieseln gerade die letzten Sandkörnchen durch das Stundenglas.
»Wir haben das Gold!«, rufst du triumphierend.
Der König zeigt euch höchstpersönlich den Rückweg hinaus in

den Dschungel. Heil und unversehrt trefft ihr schließlich den Jugendforscher-Abenteuerklub wieder.
Und was für ein Abenteuer das war!

ENDE

75

Die brodelnde Teergrube ist nicht allzu breit. Vielleicht könnt ihr es schaffen, ans andere Ufer zu springen.
»Los! Es geht um dein Leben!«, rufst du Ben zu, nimmst Anlauf und drückst dich vom Boden ab.
Du schaffst es beinahe. Doch deine Füße rutschen am gegenüberliegenden Grubenrand ab. Du kippst hintenüber und stürzt der Länge lang in die Grube.
PLATSCH! Klebriger Teer bedeckt dich vom Kopf bis zu den Füßen.
PLATSCH! Ben landet geradewegs auf dir.
Je mehr du dich anstrengst herauszukommen, desto tiefer sinkst du.
Sieht ganz so aus, als würdest du feststecken … für immer.

ENDE

76

»Was ist los? Wieso musst du zurück?«, fragt Susie. Sie hält im Klettern inne und schaut über die Schulter zu dir herunter. »Wir sind beinahe frei!«

»Ich habe noch immer die Sanduhr des Königs!«, stöhnst du. »Ich kann sie doch nicht stehlen. Das wäre nicht richtig!«

»Jetzt hör mir mal zu«, sagt Susie ungeduldig. »Leg sie einfach da drüben hin. Früher oder später wird er sie schon finden.« Sie deutet auf eine großen Stein, der aus der Tunnelwand hervorragt. Der Stein ist oben flach, wie eine kleine Ablage. Es sieht so aus, als hätte das Stundenglas dort gut Platz.

»Vergiss nicht«, fährt Susie mit einem Blick auf ihre klobige Armbanduhr fort, »dass der Rest der Gruppe um drei Uhr weiterziehen wird. Und es ist bereits fünf vor halb drei! Uns bleibt etwa noch eine halbe Stunde, bevor sie abmarschieren!«

»Ich fühle mich mies bei der Sache«, stöhnst du. »Er hat gesagt, dass sie ihm sehr viel bedeutet. Ich sollte nach unten klettern und sie irgendwo im Gang hinlegen oder so.«

»Dieser König war so gemein zu uns. Ich fasse es nicht, dass er dir Leid tut! Wenn es nach mir ginge«, sagt Susie, »dann würde ich die Sanduhr behalten und sie für viel Geld verkaufen!«

Die Zeit verrinnt. Was tust du?

- *Wenn du die Sanduhr auf dem Stein abstellen willst, dann geh zu Abschnitt* **128**.
- *Wenn du sie behalten möchtest, dann geh zu Abschnitt* **9**.

77

Du wirst von den unheimlichen Medizinmännern umringt.
»Tut mir Leid«, entschuldigst du dich. »Es geht nicht darum, dass wir es nicht cool finden würden, uns euch anzuschließen. Es ist nur so, dass wir Familien haben, die auf uns warten.«
»Ja«, meldet sich auch Ben zu Wort. »Sie würden uns echt vermissen, wenn wir Medizinmänner werden würden.«
»Wir verstehen«, sagt der hoch gewachsene Muglani. »Aber ihr müsst auch verstehen, dass wir nicht zulassen können, das ihr alle unsere Geheimnisse ausplaudert.« Bedächtig dreht er das Zepter zwischen den Handflächen.
»Wir versprechen, niemandem etwas davon zu erzählen!«, erklärst du.
»Also, wir sollten jetzt wirklich gehen«, setzt Ben hinzu. »Tschüss!«
Ihr wendet euch von den Muglani ab und schickt euch an zu gehen.
»Oom oom oom Klak-kwe-vod-rup!«, hörst du hinter dir.
Du spürst, wie sich dein Körper erneut verändert. Dieses Mal sprießt braunes Haar auf deiner Haut – am ganzen Körper. Außerdem fängst du zu schrumpfen an!
Du bist ein Affe! Und neben dir steht ein weiterer Affe, der eine kleine Brille trägt. Das ist Ben!
Der Muglani hat es bitterernst gemeint, als er sagte, er wolle nicht, dass ihr die Stammesgeheimnisse ausplaudert! Nun, immerhin hast du einen Freund, mit dem du gemeinsam den Affen machen kannst. Na, dann mal los und ab in die Bananenstauden!

ENDE

78

Gerade als sich das Ungetüm auf dich stürzt, springst du unbeholfen ins Wasser.
Du hältst dich krampfhaft an dem schweren Stock fest, als du – *platsch* – in den tiefen See eintauchst. Schon sieht es so aus, als würdest du zu lange unter Wasser bleiben, doch dann steigst du allmählich hoch und durchbrichst mit Gesicht und Armen die Wasseroberfläche. Du kannst wieder atmen. Der Stock schwimmt! Dem Himmel sei Dank!
»Du hast es geschafft!«, jubelt Susie.
»Ja!«, rufst du triumphierend und schnappst keuchend nach Luft. Das Wasser ist eiskalt. Es kommt dir vor, als würdest du in einem Eiswürfelbehälter baden!
»Sieh mal!«, sagt Susie atemlos und deutet ans Ufer. Das Steinmonster läuft an Land auf und ab. Es sieht wütend aus. »Es kommt dem Wasser bestimmt nicht zu nahe!«, erklärt Susie.
»Hervorragend!«, sagst du zitternd. »Aber was machen wir jetzt? Ich vermute, wenn wir noch lange hier drinbleiben, dann erfrieren wir. Ich habe langsam schon kein Gefühl mehr in den Zehen!«
Darauf sagt Susie nichts. Dazu klappert sie zu heftig mit den Zähnen. Du spürst, wie deine Füße im eiskalten Wasser taub werden. Seid ihr zwei dazu verdammt, zwei menschliche Eiswürfel zu werden? Oder werdet ihr von diesem riesigen wandelnden Stein in Stücke gerissen?

- *Paddle zu Abschnitt* 6, *um herauszufinden, ob es noch Hoffnung für dich gibt.*

79

»Iss sie nicht!«, schreist du Ben an, als er die Banane zum Mund führt. Er hat einen sonderbaren, verträumten Ausdruck auf dem Gesicht. Du trittst zu ihm und schlägst ihm die Banane aus der Hand.
Zuerst schaut Ben wütend drein, weil du ihm die Banane aus der Hand geschlagen hast. Sein Gesicht läuft rot an.
Doch dann sieht er verdattert aus und schüttelt den Kopf. Ganz so, als würde er aus einem Traum erwachen.
»Danke!«, sagt Ben. »Du hast den Bann gebrochen!«
»Was für einen Bann?«, krächzt du mit Mühe. »Wovon redest du?«
»Dieses Obst ist verhext! Ein Stamm von Medizinmännern hat es hier abgestellt. Das wird alles in der Broschüre erklärt, die ich im Hotel bekommen habe! Sie trägt den Titel ›Der Mythos der Muglani‹.«

- *Geh zu Abschnitt* **46**, *um mehr über die »Muglani« zu erfahren.*

80

Du stehst, die Hände in die Hüfte gestemmt, in der Grube und schaust dich um. Wie soll ich bloß aus diesem Loch herauskommen?, überlegst du. Und wieso gräbt überhaupt jemand mitten im Dschungel so eine Riesengrube?
Du trittst zwei Schritte zurück. Vielleich kannst du hochspringen und am Rand der Grube Griff fassen.
Als du mit dem Fuß auftrittst, hörst du ein lautes Knirschen.

Und dann schwillt das Knirschen zu einem gespenstischen Klappern an.
Bei dem Geräusch sträuben sich dir die Nackenhaare. Ein geisterhafter Windstoß streicht über dich hinweg.
Hinter dir bewegt sich etwas!
Es klingt, als käme es von einem Haufen alter Knochen!
Ganz langsam und sehr vorsichtig drehst du dich um.
- *Geh zu Abschnitt* **126**.

81

»Schön, dich kennen zu lernen, Cronby«, sagst du zu dem Troll, während du die Hände in den Taschen vergräbst. »Hast du meine Freundin gesehen?«
Der Troll runzelt die Stirn, als würde er angestrengt überlegen. »Ist sie etwa so groß wie du?«, sagt er und zeigt mit der Hand genau Susies Größe an. »Hat sie Sommersprossen, Haare, die ihr ins Gesicht hängen, und keine allzu guten Manieren?«
»Ja.« Du nickst. »Da klingt ganz nach ihr.«
»Ja«, sagte Cronby, wobei er die Hände in die Hosentaschen steckt und dich nachahmt. »Ich habe gesehen, wohin sie gegangen ist.«
»Wo ist sie?«, willst du wissen.
Der Troll setzt sich auf einen kleinen Felsbrocken und schlägt die Beine übereinander. »Ich sage dir, wohin sie gegangen ist, wenn du mir sagst, was du hier tust! Es kommt nicht oft vor, dass wir hier unten Menschenkinder zu sehen bekommen«, sagt er neugierig.
»Ich will es kurz machen«, sagst du. »Wir wurden verfolgt,

sind in die Höhle geflohen und nun müssen wir für den König drei Goldstücke finden, sonst macht er uns zu Sklaven.«
»Ooooh! Da hast du sicher ganz schön Angst!«, flüstert er.
»Nein, ich habe kein bisschen Angst«, antwortest du selbstsicher.
»Kein bisschen Angst hast du also, ja?«, sagt Cronby und seine roten Augen funkeln. »Na, dann hast du ja Glück! Sieh mal, was ich hier habe!«

- *Blättere zu Abschnitt* 71, *um zu sehen, was er hat.*

82

Du greifst nach einer der Feuerherzfrüchte. Der Drache hat dich noch immer nicht entdeckt. Du bewegst dich zu langsam, als dass er dich wahrnehmen könnte!
Die Hitze der Lavamasse treibt dir die Tränen in die Augen. Du nimmst eine Feuerherzfrucht in deine graue Vordertatze.
Sie ist warm! So wie ein echtes Herz. Und die weiche, fleischige rote Frucht pulsiert auch wie ein richtiges Herz. Ekelhaft!
Mit einer flinken Drehung des Handgelenks pflückst du die Frucht vom Baum und hältst sie behutsam in der Hand. Du willst sie mit deinen scharfen Krallen nicht versehentlich aufreißen!
Du wendest dich zu Ben um und grinst über beide Backen.
Da hörst du ein zorniges ZISCHEN!
Der Drache schießt hinter dem Baum hervor und stürzt auf dich zu!

- *Lauf schnell zu Abschnitt* 49*!*

83

»Ich fürchte mich nicht davor, als Erster zu gehen, Susie!«, erklärst du ihr, während du die glitschigen Felsen hinaufkletterst.
»Ach ja? Beweise es!«, sagt sie zu dir.
»Da drinnen gibt es nichts, was mir Angst machen könnte!«, behauptest du tapfer.
Du wirfst einen Blick zurück, als Susie aus dem kalten Wasser steigt. Sie zieht die Windjacke aus, um sie auszuwringen. Dann wendet sie sich dir zu und grinst dich an.
Du gehst los, in die Höhle hinein. Die Wände sind feucht und glitschig. Eigentlich möchtest du sie nicht anfassen, aber du musst, weil du sonst fällst. Die Luft in der Höhle ist heiß und feucht. Und hier weht eine höchst sonderbare warme Brise. Es ist beinahe so, als würde dich jemand anhauchen!
»Merkwürdig!«, sagst du zu Susie. »Der Höhlenboden ist rosa!«
Sie antwortet nicht.
»Susie?«, rufst du. »Wo bist du?«
Wieder erklingt keine Antwort. Du spähst hinter dich in die Dunkelheit. Aber du bist ganz allein.
Doch *so* alleine bist du ja vielleicht gar nicht. Du hast das komische Gefühl, dass dich jemand beobachtet … aus dem *Inneren* der Höhle heraus.

- *Folge deinem Gefühl zu Abschnitt* 23.

84

Gemeinsam mit Ben kletterst du über die Felsen in die Höhle. Das Gestein ist mit einem sonderbaren weißen Moos überzogen, das ein wenig leuchtet. So könnt ihr in der dunklen Höhle besser sehen. Ihr benutzt eure Knüppel als Gehstöcke. Sie helfen euch dabei, beim Klettern über die zerklüfteten Steine das Gleichgewicht zu bewahren.

»Ich frage mich, wieso es hier drinnen so warm ist«, murmelt Ben. »Normalerweise ist es in Höhlen kühler als draußen!«

»Es ist wirklich brütend heiß hier drin!«, pflichtest du ihm bei. Während ihr den Gang entlangstolpert, beginnt er in einem schwachen goldenen Licht zu glühen. Die Höhle wird heller und heller.

»Ich kann den Baum sehen!«, rufst du aufgeregt, als ihr die große Kammer erreicht, von der euch Unger erzählt hat.

»Wow!«, ruft Ben.

Im Zentrum der Höhle liegt ein kleiner Lavatümpel und darin wächst ein wunderschöner kleiner Baum. Seine tief sitzenden Äste biegen sich unter reifen, roten Früchten, die wie Blutstropfen herunterhängen.

»Ist das cool oder was?«, rufst du begeistert. Ben legt seinen Knüppel ab und klatscht dir in die hingehaltene Hand. »Wir haben den Feuerherzbaum gefunden!«

Doch als ihr auf den Baum zutretet, hört ihr ein leises, bedrohliches ZISCHEN!

- *Lauf geschwind zu Abschnitt* **10**.

85

Du umklammerst die Liane mit festem Griff. Du willst dich daran über den Fluss schwingen, um den Medizinmännern zu entkommen.
Als du dich an die Liane hängst, bemerkst du jedoch, dass sie eine sonderbare Beschaffenheit hat. Sie fühlt sich gar nicht wie eine Pflanze an. Pflanzen haben keine Schuppen!
Pflanzen winden sich nicht in deiner Hand! Und Pflanzen zischen auch nicht!
Du liebe Güte! Du hältst dich an einer riesigen Boa constrictor fest!
Rasch legt sich die Schlange um dich und lässt sich aus dem Baum herabfallen. Du fällst mit ihr!
Die Medizinmänner stehen um dich herum und schütteln betrübt den Kopf, während die riesige Boa constrictor dich mit ihrem Körper einwickelt. Sie hatten vor deinen Kopf zu schrumpfen.
Pech für sie!
Sollten sie versuchen dich der Boa wegzunehmen dann können sie sich auf ein GEWALTIGES ZISCHEN gefasst machen.

ENDE

86

»Wir müssen einen Weg aus der Höhle hinaus finden!«, rufst du mit einem Blick auf deine Armbanduhr.
Du und Susie, ihr habt die gleichen großen, klobigen wasser-

dichten Armbanduhren. Sie sind unzerstörbar. Und sie verfügen über ein beleuchtetes Zifferblatt – genau das Richtige, wenn man in einer Höhle festsitzt, so wie jetzt.
»Es ist zwei Uhr fünfundvierzig!«, stellst du fest. »Wir müssen es schaffen, bis um drei zurück bei den Jugendforschern zu sein.«
»Lass uns diesen großen Gang da drüben nehmen.« Susie deutet auf eine breite runde Röhre.
»Ich denke, wir sollten da lang gehen«, sagst du mit Nachdruck und zeigst auf eine Stelle nahe dem Boden, wo sich ein Loch in einem Fleck weicher Erde befindet. Die schmale Öffnung ist nur so groß, dass du gerade hindurchpasst. »Es sieht aus, als hätte irgendein Tier dieses Loch gegraben. Es könnte an die Oberfläche führen!«
»Möglich«, sagt Susie. »Wieso gehen wir nicht getrennt und sehen uns ein bisschen um? Auf die Art können wir doppelt so viel unter die Lupe nehmen. In ein paar Minuten treffen wir uns wieder und berichten, was wir entdeckt haben.«
»Eine tolle Idee! Wir treffen uns hier in fünf Minuten wieder.« Du schaust ein letztes Mal auf deine unzerstörbare Uhr. »Ich habe ein gutes Gefühl bei diesem Loch!«
Du könntest nicht falscher liegen.

• *Quetsch dich zu Abschnitt* 22 *durch.*

87

»Vor dem Wachdrachen?«, sagst du. »Was meinen Sie mit ›Wachdrachen‹?«
Doch Unger ist fort! Sie und die übrigen Kriegerinnen sind im üppigen Dschungellaub verschwunden.
»Na, dann noch einmal danke schön!«, ruft Ben ihnen nach.

»Glaubst du, sie hat das mit dem Wachdrachen ernst gemeint?«, fragst du Ben nervös.
»Ich weiß nicht«, erwidert Ben.
»Vielleicht sollten wir besser irgendeine Waffe mit hineinnehmen, damit wir uns vor dem Drachen schützen können«, überlegst du laut.
»Wie wärs mit diesen Stöcken?«, fragt Ben und deutet auf zwei dicke Äste, die auf der Erde liegen.
»Die sehen perfekt aus«, rufst du. Du hebst die Äste auf und reichst einen davon Ben. »Wir sollten uns lieber beeilen. Uns bleiben nur noch zehn Minuten, bevor die Gruppe ohne uns weiterzieht! Also los, nichts wie rein in die Höhle!«
• *Geh rasch zu Abschnitt* 84*!*

88

Susie saust über den Steinboden auf das helle Licht zu. Du beeilst dich, um mit ihr Schritt zu halten. Du kannst es kaum erwarten, aus der Höhle herauszukommen und wieder zu deiner Gruppe zu stoßen. Im Augenblick freust du dich sogar auf Mrs. Wheedle.
Als du aufschaust, siehst du jedoch, dass ihr in eine geräumige unterirdische Kammer gestolpert seid. Das Licht, das ihr gesehen habt, kam nicht von der Sonne, sondern von hunderten flackernder Fackeln, die den Raum beleuchten, in dem ihr nun steht.
»Cool!«, murmelt Susie. »Wo sind wir hier?«
Die Höhle ist so riesig, dass ihr die Decke nicht sehen könnt. Der Boden ist mit weichen Teppichen belegt und auf der gegenüberliegenden Seite erhebt sich eine kleine Pyramide.

»Die sieht genauso aus wie die, die wir in Geschichte über das Altertum durchgenommen haben!«, flüsterst du und zeigst auf die Pyramide.
»Ja!« Aber wir sind hier nicht im Altertum, sondern in der Gegenwart. Sieh dir mal diesen Thron an!«, sagt Susie verwundert.
Oben auf der Pyramide befindet sich ein goldener Thron, über den, wie es aussieht, Tigerfelle ausgebreitet sind. Susie geht darauf zu und bestaunt den prächtigen Thron mit großen Augen. Du wirst allmählich nervös. Irgendjemand hat all diese Fackeln angezündet und du bist dir nicht sicher, ob du noch hier sein möchtest, wenn derjenige oder diejenigen zurückkommen.
Zu spät.
»Oje!«, wispert Susie. »Da kommt jemand!«

- *Wer ist es? Mach dich in Abschnitt* **63** *schlau.*

89

Verzweifelt versuchen die Ameisen in ihren Ameisenhügel zurückzukehren. Sie krabbeln alle über dein Bein. Und fangen zu beißen an!
»Schnell, kipp mir Wasser übers Bein!«, rufst du Ben zu.
Über Bens Schulter hängt eine große grüne Plastiktrinkflasche. Er öffnet die Flasche und schüttet Wasser über den Ameisenhügel.
Doch das Wasser bringt die Ameisen nicht um. Es macht sie nur richtig sauer! Sie wimmeln über dein Bein. Ihre Bisse brennen. Bald hast du das Gefühl, als stünde dein Bein in Flammen!
Nun ist der Ameisenhügel schlammig und dein Bein sinkt noch tiefer ein als zuvor.

»Au! Ben! Hilf mir!«, schreist du. »Zieh mich raus!«
Ben tritt einen Schritt auf dich zu, hält dann aber inne.
»Ich kann nicht!«, ruft er. »Ich bin gegen Insektenstiche allergisch! Aber ich werde versuchen, Hilfe zu holen!« Und schon läuft er im Affenzahn davon.
Hättest du dich doch bloß in einen Maulwurf verwandelt statt in ein unbeholfenes, glupschäugiges Monster! Dann könntest du dich jetzt auf eigenen Faust herauswühlen.
Denn bis Ben zurückkehrt, wird es zu spät sein.
Bis dahin haben die Ameisen deinen ganzen Körper abtransportiert. Stück für Stück. Biss für Biss.

ENDE

90

»Es war eine Fledermaus«, sagst du mit Überzeugung.
»FALSCH!«, brüllt der Troll. Er freut sich diebisch. »Es war ein Hund. Ich habe gewonnen! Nun bekomme ich ein Kindergeschnetzeltes! Und gegrilltes Kind! Und einen Mädchenauflauf!«
»Aber ich bin mir sicher, dass es eine Fledermaus war!«, hakst du nach.
»Es war keine Fledermaus!«, brüllt Cronby. »Keine Fledermaus!«
»Es war eine große Fledermaus!« Du lässt nicht locker. »Eine riesige Fledermaus!«
Cronby macht ein kleines Lied daraus: »Keine Fledermaus! Keine Fledermaus!« Seine Stimme wird lauter und lauter. Gleichzeitig wird sie höher und entwickelt sich zu einem schrillen Kreischen.

Während er sein fürchterliches Liedchen singt, erfüllt ein weiteres Geräusch den Gang. Es ist ein Flattern, ein Rauschen! Das Flattern wird lauter und lauter und übertönt schließlich Cronbys Gekreische. Dann landet eine gigantische behaarte Fledermaus auf einem Felsblock!

- *Rasch, blättere zu Abschnitt* **17**.

91

Was haben diese bizarren Höhlenmenschen mit euch vor?, fragst du dich, während sie näher und näher kommen.

»Sieh mal da hinauf!«, brüllt Susie. Sie deutet auf den Thron oben auf der Pyramide.

Plötzlich fallen alle Wesen auf die Knie.

Eine riesige Gestalt erscheint auf dem Thron. Sie muss mindestens drei Meter groß sein. Ihr Gesicht ist wie das der anderen mit seltsamem Moos bedeckt, allerdings goldfarben, nicht weiß, und zwei riesige Hörner ragen aus ihrem schwammigen Kopf hervor. Sie trägt einen Umhang aus Tierfellen.

»Wir grüßen euch«, dröhnt sie.

Sie spricht Englisch!

Die Höhlenwesen schieben sich auf euch zu. Vielleicht möchten sie euch auch begrüßen, so wie ihr König. Aber wieso haben sie euch umzingelt, wenn sie euch freundlich gesinnt sind? Blitzschnell suchst du mit den Augen nach einem Fluchtweg. Links von dir scheint es eine Lücke zu geben!

Wenn du jetzt gleich einen Fluchtversuch startest, kannst du ihnen vielleicht entkommen.

Du kannst aber auch bleiben und dir anhören, was der große König zu sagen hat. Es könnte ja auch nett sein … möglicherweise.

Die Entscheidung liegt bei dir.

- *Um einen Fluchtversuch zu unternehmen, flitze zu Abschnitt* **131**.
- *Um den König anzuhören, geh zu Abschnitt* **107**.

92

Du strengst dich an zu sehen, was sich mit euch im Raum befindet. Allmählich gewöhnen sich deine Augen an das Dämmerlicht.

WUMM! Die Höhlenwesen versuchen noch immer hereinzukommen!

Da siehst du vor dir ein Gesicht. Es ist … das von Susie. Oder zumindest Susies Spiegelbild, in tausend kleine Teile zerstückelt. So als ob du in eine dieser Kugeln blickst, die mit winzigen Spiegeln bestückt sind.

WUMM! KNIRSCH! Die Höhlenwesen brechen die Tür auf!

Jetzt siehst du auch dein eigenes Spiegelbild. Mehr als tausendfach. Seltsam, denkst du. Was ist das? Und dann flippst du fast aus, als du feststellst, dass du in … das Auge einer Spinne starrst! Einer riesigen Höhlentarantel, um genau zu sein!

Die Tür fliegt auf und die Höhlenwesen stürmen herein.

»Passt auf!«, schreien sie. »Seid vorsichtig!«

Du wendest dich wieder der Riesenspinne zu. Ihr Leib ist mit braunem Haar bedeckt. Ihre Beißzangen schnappen auf und zu. Die Spinne sieht hungrig aus! Du machst drei Schritte in Richtung Tür. Doch es ist zu spät. Mit einer raschen Bewegung ihrer langen, haarigen Vorderbeine umfasst die Spinne dich und Susie und umwickelt euch mit dicken Seidensträngen. »Wir haben versucht euch zu warnen!«, sagen die Höhlenwesen betrübt.

»Trotzdem besten Dank«, würdest du gerne sagen, aber das kannst du nicht mehr. Du bist verschnürt wie ein Paket. Denn dies ist das bittere

ENDE

93

Du nimmst den linken Gang und rennst wie verrückt.

O nein! Dein Schnürsenkel ist aufgegangen. Du stolperst darüber und fliegst … fliegst … fliegst durch die Luft.

RUMMS! Du landest wie ein Mehlsack auf dem Boden.

Die Ameise lässt den Felsbrocken auf die Erde fallen, schlittert auf dich zu und setzt dir behutsam eines ihrer sechs Beine auf den Körper.

Mit einem kräftigen Druck ihres Fußes zerquetscht sie dich.

Das Letzte, was du hörst, ist, dass die Ameise sagt: »Ihh! Ich hasse dieses rosa Ungeziefer! Ich sollte unbedingt den Kammerjäger rufen!«

Igitt! Und damit findet dein Abenteuer sein grausiges

ENDE

94

»Kannst du mich hören? Ist alles in Ordnung mit dir?«, fragt Susie besorgt und beugt sich über dich. Du bist zu Boden gegangen. Die Birne ist dir aus der Hand gerollt und liegt nun im Gras.

Du hast das Gefühl, als wäre in deinem Kopf eine Bombe explodiert. Dir tut alles weh und du verspürst ein leichtes Prickeln.
»Ich glaube, es geht mir gut«, sagst du zu Susie. Aber statt der Worte bringst du nur ein jämmerliches Heulen hervor!
»O nein!«, schreit Susie entsetzt. »Das glaube ich einfach nicht!«
Ihre Augen sehen aus, als würden sie jeden Moment aus den Höhlen springen. Susie ist kreidebleich und zittert.
Du bewegst dich auf sie zu. Du würdest ihr gerne sagen, dass alles in Ordnung ist. Doch sie weicht vor dir zurück.
Und dann wendet sich Susie – deine allerbeste Freundin auf der ganzen Welt – von dir ab und rennt schreiend in den Urwald davon!
»Susie, warte!«, versuchst du ihr nachzurufen. Doch aus deinem Mund dringt wieder nur ein erbärmliches Blöken. Deine Kehle ist mit irgendeinem Schleim verstopft, der es dir unmöglich macht, klar und verständlich zu sprechen.
Wieso ist sie vor mir davongelaufen?, wunderst du dich. Sie hat richtig verängstigt ausgesehen, so als ob ich ein Monster wäre!
In diesem Moment fällt dein Blick auf deine Hände und du stößt ebenfalls einen Schrei aus.
Deine Haut hat sich verändert!

- *In Abschnitt* **136** *findest du heraus, wie sie sich verändert hat.*

95

Nachdem dich die Kriegerin ausgiebig gemustert hat, steht sie auf.
»Sie hat einen Schrumpfkopf in der Tasche«, flüsterst du Ben zu.

»Dann sind sie vielleicht doch die Muglani«, wispert Ben zurück.

»Hört alle her, meine Freundinnen!«, sagt die Anführerin der Kriegerinnen in perfektem Englisch, deiner Muttersprache. »Die Muglani haben wieder einmal zugeschlagen! Wir müssen den Kindern helfen, den Zauberbann der fürchterlichen Muglani rückgängig zu machen.«

»Ich heiße Unger«, sagt die Kriegerin zu dir und Ben und hilft euch beiden auf die Füße. »Die Muglani sind unsere Feinde. Wir versuchen immer den unglücklichen Menschen zu helfen, die von den Muglani in Monster verwandelt wurden. Nimmst du unsere Hilfe an?«, fragt sie dich.

Unger hält dir ihre Hand hin, damit du einschlägst. Dein Blick fällt auf den Schrumpfkopf, der aus ihrer Tasche hervorlugt. Hmmmm …

Kannst du dieser fremden Frau wirklich trauen oder solltest du dein Problem lieber auf eigene Faust angehen? Auf deiner Armbanduhr siehst du, dass es bereits halb drei ist. Du hast keine Zeit zu verlieren!

- *Willst du die Hilfe der Kriegerinnen annehmen, blättere zu Abschnitt* 122.
- *Wenn du das Angebot ablehnen und die Lösung deines Problems selbst in die Hand nehmen willst, blättere zu Abschnitt* 53.

96

Wow! Die Feuerherzfrucht hat ein wunderbares Aroma. Sie schmeckt wie Erdbeerkuchen.

Während du kaust, beginnt deine Haut zu prickeln. Dein Ge-

sicht zuckt und wabbelt. Der Dschungel dreht sich vor deinen Augen. Alles verschwimmt, verläuft ineinander und wirbelt schneller und schneller.
PENG! Auf einen Schlag hört alles auf.
Du nimmst die Hände vom Gesicht.
»Es hat funktioniert!«, ruft Ben aufgeregt. »Du bist wieder ein Mensch!«
Du hast es geschafft! Ben schlägt dir auf den Rücken und da rülpst du. Und beim Rülpsen spuckst du ein bisschen Feuer!
Gemeinsam mit Ben rennst du zurück zu dem Pfad, wo ihr die Jugendforscher zurückgelassen habt. Es dauert nicht lange, bis ihr die Gruppe gefunden habt. Mrs. Wheedle ruft gerade, dass sich alle in eine Reihe stellen sollen, damit sie durchzählen kann. Puh! Ihr kommt gerade noch rechtzeitig!
Susie ist auch da und gerät völlig aus dem Häuschen, als sie dich wieder sieht. Sie entschuldigt sich dafür, dass sie so mir nichts, dir nichts davongelaufen ist.
»Halb so schlimm«, sagst du zu ihr. »Ben und ich werden dir die ganze Geschichte erzählen.«
Als du wieder zu Hause bist, wirst du berühmt dafür, dass du Feuer speien kannst. Du trittst in allen Talkshows auf. Außerdem kommt dir diese Fähigkeit sehr gelegen, wenn du für deine beiden besten Freunde Susie und Ben Marshmallows röstest.

ENDE

97

Die Höhlenwesen ziehen dich zwischen ihnen hin und her. »Das ist hier kein Tauziehen!«, schreist du. »Lasst mich los!« Plötzlich blitzt in der Nähe ein blendendes Licht auf und da lassen dich die Ungetüme augenblicklich fallen. Sie stöhnen vor Schmerz und bedecken die Augen.
Das grelle Licht scheint ihnen in den Augen wehzutun. Was ist das?, fragst du dich. Da siehst du Susie, die von einem Ohr zum anderen grinst. Sie hält eine starke Minitaschenlampe in der Hand.
»Ich hatte ganz vergessen, dass ich die dabeihabe!«, ruft Susie. »Schnell, lass uns ein für alle Mal von hier verschwinden!«
Ihr kehrt durch den Wasserfall hindurch zurück an den See. Das steinerne Ungetüm hat es aufgegeben, am Ufer Wache zu schieben, und so könnt ihr zu den Jugendforschern zurückkehren. Beinahe wären sie ohne euch weitergezogen!
Später am Abend sitzt du mit Susie im Zelt und ihr unterhaltet euch über eure Abenteuer. Da fällt dir plötzlich ein, dass du noch immer die Sanduhr des Königs hast. Du greifst in die Hemdtasche, um sie Susie zu zeigen.
Zu deiner Überraschung findest du darin nicht nur das Stundenglas, sondern außerdem eine Handvoll Edelsteine! Sie müssen darin gelandet sein, als die Juwelenkammer einstürzte und Steine auf dich herabregneten.
Du teilst die funkelnden Smaragde, Rubine, Saphire und Diamanten halbe-halbe mit Susie. Die Jungendforscher kannst du getrost vergessen. Du bist jetzt ein Jugendmillionär.

ENDE

98

»Susie«, rufst du. »Lass uns den Gang nehmen, der nach oben geht! Er könnte an die Oberfläche führen!«
»Ja« stimmt sie dir zu. »Dann könnten wir einfach zu den Jugendforschern zurückkehren und die ganze Geschichte hier vergessen!«
»Das wäre toll!«, sagst du. »Komm her, ich mach dir eine Räuberleiter.«
Sobald Susie auf der Leiter ist, kraxelst du selbst über ein paar herumliegende Felsbrocken hinauf. Dann steigst du die Leiter hoch. Während du kletterst und kletterst, wird der Gang heller. Du bist beinahe zurück im Dschungel. Schon kannst du die Blumen riechen. Du kannst sogar die tropischen Vögel hören, die sich gegenseitig zuzwitschern.
»Wir sind fast draußen«, verkündet Susie.
»Wow!«, sagst du. »Ich kanns kaum glauben, dass das so einfach ging!«
Doch fällt dir etwas ein ... etwas Schreckliches!
»Susie«, flüsterst du geknickt. »Ich muss zurück!«

- *O nein! Erklär Susie in Abschnitt* 76, *wieso.*

99

Der Obermedizinmann schwenkt sein Zepter majestätisch durch die Luft und wiederholt: »Dadurch, dass ihr den Feuerherzbaum gemeinsam gefunden habt, habt ihr den Test bestanden!« Er greift in die Tasche und holt ein Pulver hervor. Er streut dir eine Hand voll über den Kopf.

Es prickelt! Du fühlst, wie sich deine Haut in menschliche Haut zurückverwandelt! Deine Klauen verschwinden und deine scharfen Zähne bilden sich zu normalen Menschenzähnen zurück. Du bist wieder ein Kind!
»Nachdem ihr den Test bestanden habt, werden wir euch beide zu Muglani des Amazonas machen!« Seine Stimme dröhnt durch den Dschungel. Er klatscht langsam in die Hände. Bald klatschen alle anderen Muglani mit. Sie beginnen rhythmisch zu singen: »*Oom oom oom mah-hek-nee-hay.*«
»Möchtest du ein Medizinmann werden?«, flüsterst du Ben zu.
»Nein, und du?«, fragt er. Du schüttelst den Kopf. Die Muglani kümmern sich nicht um euch. Sie sind vollauf mit Klatschen und Singen beschäftigt.
»Entschuldigt mal, Leute!«, unterbrichst du sie. Stille tritt ein, als alle Muglani die Augen auf dich richten. »Aber wir *wollen* keine Muglani werden!«
»Darum kümmern wir uns gleich!«, sagt der Obermedizinmann mit einem bösartigen Grinsen.

• *Spring zu Abschnitt* 77.

100

Genau in der Mitte des Beckens liegt ein Goldklumpen, so groß wie deine Faust! Doch nicht nur das, außerdem kannst du sehen, dass hinter dem Becken ein breiter Gang schnurstracks in die Thronkammer führt. Alles, was ihr zu tun habt, ist, euch das Gold zu schnappen und zurück zum König zu rennen.
»Cool!«, rufst du begeistert. »Lass es uns schnell da rausholen und die Sache zu Ende bringen!« Du streckst die Hand nach dem Gold im Becken aus.

Schnapp! Ein Fisch springt aus dem Wasser und beißt dir mit seinen messerscharfen Zähnen fast den Finger ab.
»Was war das?«, schreist du. Du beugst dich übers Wasser, um nachzusehen.
Hundert oder mehr Fische schwimmen in dem Becken herum. Sie haben blinde weiße Augen und scharfe Zähne, die aus ihrem Maul hervorstehen wie Nadeln auf einem Nadelkissen. Ihre Haut ist durchsichtig, sodass du ihre Innereien sehen kannst, während sie kreuz und quer durch das Becken flitzen.
»Zurück!«, schreit Susie, als ein weiterer Fisch aus dem Wasser hüpft und dir direkt ins Gesicht springt!

- *Tritt zurück zu Abschnitt* **56.**

101

Du rennst mit verblüffender Geschwindigkeit durch den Dschungel. Deine Beine sind plötzlich kräftiger als je zuvor! Du kannst auch besser sehen als früher. Das liegt wahrscheinlich daran, dass deine Augen so groß sind!
Die Jäger sind dir auf der Spur. PENG! Eine Kugel zischt durch die Luft. Sie schießen auf dich!
Du musst ihnen entkommen. Zur Linken siehst du eine riesige Blume, halb hinter Lianen verborgen. Du könntest dich in ihr verstecken. Oder du kannst weiterlaufen. Du hast keine Ahnung, woher du es weißt, aber ein seltsamer neuer Sinn sagt dir, dass irgendwo vor dir Wasser ist!

- *Wenn du zum Wasser laufen willst, geh zu Abschnitt* **108.**
- *Wenn du dich in der riesigen Blume verstecken willst, geh zu Abschnitt* **16.**

102

»O nein!«, heulst du. »Das gibts doch nicht!«
Die Steinmenschen haben euch fast eingeholt und ihr sitzt auf einem Felssims vor einem Tümpel aus flüssiger Lava fest!
»Was machen wir jetzt?«, fragt Susie und packt dich am Arm. In ihren Augen spiegelt sich Panik.
»Wir könnten versuchen es mit ihnen aufzunehmen«, überlegst du laut. »Vielleicht sind sie gar nicht so kräftig, wie sie aussehen.«
Die Höhlenwesen kommen langsam näher. Sie beobachten euch, um zu sehen, was ihr macht. Schweiß läuft dir übers Gesicht und den Nacken hinab. Du blickst dich in der Höhle um, hältst nach anderen Möglichkeiten Ausschau. Du stellst fest, dass sich der Gang hinter dem Lavatümpel fortsetzt.
»Vielleicht sollten wir versuchen auf dem Felsvorsprung um den Tümpel herumzugehen«, schlägst du vor.
»Das sieht aber ziemlich gefährlich aus«, sagt Susie. Blasen aus siedend heißer Luft zerplatzen auf der Oberfläche des Tümpels aus rot und orange glühendem geschmolzenem Gestein.
»Ja, aber das tun die auch«, antwortest du und deutest mit dem Kopf in Richtung der wütenden Höhlenbewohner.

- *Wenn du es mit den Höhlenmenschen aufnehmen möchtest, dann kämpfe in Abschnitt* **19**.
- *Wenn du stattdessen versuchen willst den Lavatümpel auf dem Sims zu umrunden, dann geh zu Abschnitt* **55**.

103

»Ich denke, der Baum stand in dieser Richtung«, sagst du und wendest dich nach rechts. »Ich hoffe, wir finden ihn rechtzeitig!«

Du führst Ben durch den dichten Dschungel. Die Luft ist heiß und feucht. Schon bald seid ihr schweißgebadet. Deine neue Monsterhaut ist eklig und schmierig. Sie bleibt sogar an den Blättern kleben, wenn du die mit deinen Fingern, zwischen denen Schwimmhäute wachsen, auseinander schiebst.

Du willst einen riesigen Gummibaum umrunden, als dir schon beim ersten Schritt ein breites, glänzendes Blatt geradewegs ins Gesicht klatscht. Es bleibt auf deiner Haut kleben und nimmt dir die Sicht.

Du stolperst vorwärts.

»Vorsicht!«, schreit Ben. »Pass auf, wo du hintrittst!«

Es ist zu spät! Du spürst, wie dein Fuß in einer Art Loch einsinkt.

- *Sinke hinab zu Abschnitt* 27.

104

Wo kann Susie hingegangen sein? Der Gang ist eine Sackgasse. Es führt kein Weg hinaus und du warst doch direkt hinter ihr!

»Susie?«, rufst du. »Susi! Wo bist du?«

Wo bist du? Du? Du? Du?, kommt deine Stimme als Echo zurück.

Da entdeckst du die Spitze eines Schuhs, der hinter einem Felsblock zu deiner Linken hervorsteht. Es ist ein grüner Schuh mit nach oben gebogener Spitze, wie der Schuh eines Elfen.

»Wer ist da?«, fragst du laut.

- *Schnell, geh zu Abschnitt* 26.

105

»Warte doch mal, Susie, ich könnte mir mehr Zeit wünschen!«, sagst du, während du dich bückst, um den glitschigen Piranha aufzuheben. Er ist so schlüpfrig, dass er dir fast aus den Händen gleitet, bevor du ihn vom Haken nehmen kannst.

»Du hast Recht!«, ruft Susie aufgekratzt und wirbelt herum. »Wir könnten uns einfach aus diesem ganzen Schlamassel hinauswünschen!« Sie steigt aus dem Becken heraus.

»Na, dann ab mit dir«, murmelst du, als du den Fisch ins Wasser zurückgleiten lässt.

Der Fisch öffnet das Maul, aus dem ein paar Blasen emporsteigen. Als die Blasen an der Wasseroberfläche platzen, ertönen die Worte:

»Was wünschst du dir?«

»Ich möchte raus aus diesem Schlamassel«, antwortest du fast schreiend. »Bring uns zurück zu unserer Jugendforschergruppe, zurück in den Dschungel.«

Der Fisch öffnet das Maul und da steigt eine riesige silberne Blase empor und platzt an der Wasseroberfläche ... Das Wort »ERFÜLLT!«, hallt in der Höhle wider.

Dein Kopf füllt sich mit silbernem Licht. Es breitet sich in deinem ganzen Körper aus.

- *Flieg wie der Blitz zu Abschnitt* 8.

106

»Euer Majestät.« Du richtest das Wort an den König. »Ich kann ehrlich sagen, dass ich nicht in Eurer Juwelenkammer war.«

»Ich glaube dir«, sagt der König zu dir. Dann richtet er sich auf und spricht zu allen Höhlenbewohnern.

»Ein dreifaches Hurra auf die Menschen!«

Die Höhlenwesen brüllen: »Hipp, hipp, hurra!« Sie heben euch von der Pyramide herab und tragen auch auf den Schultern herum.

Du grinst Susie an, während euch die Höhlenmenschen durch die Höhle tragen. Vor einem langen Tisch setzen sie euch ab. Der biegt sich fast unter Platten voller exotischer Speisen.

Irgendwann während des Festmahls fällt dir ein, dass ihr eigentlich längst zurück zu eurer Expeditionsgruppe müsstet.

Aber irgendetwas an diesen Höhlenmenschen lässt dich wünschen, bei ihnen zu bleiben. Vielleicht für immer.

Es könnte mit ihren putzigen, flaumbedeckten Gesichtern zu tun haben oder mit ihren hübschen glasigen Augen. Oder vielleicht liegt es auch an dem magischen »Versklavungs«-Pulver, das sie euch ins Essen gestreut haben.

Du und Susie lebt so lange bei den Höhlenmenschen, dass es euch gar nicht weiter stört, als euch Moos im Gesicht wächst und eure Augen sich in Gelee verwandeln!

Das gehört eben dazu, wenn man dazu gehört, Flaumgesicht!

ENDE

107

Du entscheidest dich dafür, dir anzuhören, was der König zu sagen hat.
»Vielleicht zeigt uns der König einen Weg hinaus«, flüsterst du Susie zu.
»Menschen!«, donnert die Stimme durch die Höhle. »Tretet näher!«
Sofort packen dich zwei Steinmenschen, jeder an einem Arm. Ihre Hände sind mit Steinplättchen bedeckt, die sich dir in die Haut bohren.
»Au!«, schreist du.
»Lasst uns los«, kreischt Susie.
Doch die Steinmenschen schleppen euch ungerührt zur Spitze der Pyramide. Dort werfen sie euch zu Füßen des Königs nieder. Vielleicht hättet ihr doch lieber davonlaufen sollen, solange ihr noch die Möglichkeit dazu hattet!

- *Geh zu Abschnitt* **135**.

108

Du kannst spüren, dass es ganz in der Nähe Wasser gibt. Deshalb läufst du weiter. Rings um dich herum zischen Kugeln durchs Laub.
PENG! PENG!
Ein Ufer! Du stürzt unter dem schweren Blattwerk des Dschungels hervor ans Ufer eines rasch dahinfließenden Flusses.
»O nein!«, schreit Gwen Shripp. »Lasst es nicht ins Wasser entkommen!«

Aus allen Richtungen fliegen dir Kugeln entgegen. Du schlüpfst aus deinen Schuhen, springst und tauchst unter Wasser. Du hast jetzt Schwimmhäute an den Füßen! Damit kannst du dich unglaublich gut im Wasser fortbewegen.
Du schwimmst in schnellen Zügen fort von Gwen Shripp, der weltberühmten Jägerin. Der Fluss ist kalt, aber auf deiner glitschigen Haut fühlt sich das wunderbar an. Deine riesigen Augen gewöhnen sich rasch an die Dunkelheit in dem schlammigen Fluss. Du stellst fest, dass du unter Wasser atmen kannst! Das kalte Wasser strömt durch deine Kiemen.
Zum ersten Mal, seit du die unheimliche Birne gegessen hast, ist es still und friedlich um dich herum. Aber nicht lange …
SCHNAPP! Von hinten schnappen scharfe Zähne nach deinem Bein. Entsetzt stößt du einen Schrei aus! Was nun?

- *Geh zu Abschnitt* 72.

109

»Lass uns da lang gehen«, sagst du zu Susie. »Bei so vielen kleinen Gängen haben wir bestimmt bessere Chancen, Gold zu finden.«
»Ausgezeichnet«, pflichtet sie dir bei.
Ihr betretet den Gang, von dem rundum kleinere Gänge abzweigen, wie Speichen eines Rades oder ein gigantisches Spinnennetz.
»Wir sollten uns trennen«, schlägt Susie vor. »Wir treffen uns hier in fünf Minuten wieder.«
»Okay«, stimmst du zu. Ihr vergleicht die Zeit auf euren Armbanduhren. »Und wenn sich einer von uns verirrt, ruft er einfach nach dem anderen!«

»Einverstanden!« Susie läuft in einen kleinen Gang nach links. Kaum hast du ein paar Schritte in einen anderen Gang gemacht, da hörst du ein lautes Dröhnen hinter dir.
Als du dich umdrehst, bleibt dir vor Schreck der Mund offen stehen. Du siehst zwei lange spitze Fühler durch die Luft schlenkern. Dir fallen fast die Augen aus dem Kopf.
An der Decke entlang schrappt ein gewaltiger Felsbrocken, der von zwei großen schwarzen Zangen gehalten wird. Und diese Zangen gehören zu einer Riesenameise, die auf dich zugerannt kommt.

- *Schnell, saus zu Abschnitt* **132**.

110

»Susie!«, brüllst du. »An dem Tisch baumeln Schrumpfköpfe!«
Das muss ich sehen!« Susie stellt sich neugierig neben dich.
Der Tisch ist aus altem, verwittertem Holz gezimmert! Auf der Tischplatte steht ein Korb mit Bananen, Orangen und Birnen. Die kleinen Köpfe hängen an roten Fäden von der Tischplatte herab. Ihre Haut ist verrunzelt und gelb – fast so wie die Schale von alten, vertrockneten Äpfeln. Auf ihren winzigen Gesichtern spiegelt sich Verblüffung.
»Wie gruselig!«, ruft Susie aus. »Lass uns von hier verduften.«
»Finde ich auch«, sagst du. »Ich wollte zwar ein Abenteuer erleben, aber darunter habe ich mir nicht vorgestellt, dass mein Kopf geschrumpft wird ...« Du richtest dich auf und willst dich gerade abwenden, da riechst du etwas Leckeres.
»Was ist das für ein toller Duft?«, fragst du Susie.
»Das sind die seltsamen Früchte in dem Korb«, antwortet sie.
Du wendest dich wieder dem Tisch zu. Das Obst verströmt den

herrlichsten Duft, den du in deinem ganzen Leben gerochen hast. Dir läuft das Wasser im Mund zusammen. Du kannst den süßen Geschmack der Früchte beinahe auf der Zunge schmecken.
Du musst eine dieser Früchte probieren, komme, was da wolle. Begierig nimmst du dir eine wunderschöne grüne Birne und beißt hinein.

- *Rasch. Blättere zu Abschnitt* 65.

111

Blitzschnell fährst du herum. Ein hoch gewachsener Mann steht hinter dir! Er hat einen Umhang aus Leopardenfell um und hält einen großen Stock in der Hand. Sein Gesicht ist mit weißen Streifen bemalt. Und er trägt einen Federschmuck auf dem Kopf, so wie die Medizinmänner, die du im Fernsehen gesehen hast!
Der Muglani legt dir eine Hand auf die Schulter.
Deine Gedanken rasen. Was sollst du tun? Der Griff des Muglani ist nicht richtig fest. Du könntest dich losreißen und davonlaufen. Oder du könntest versuchen vernüftig mit ihm zu reden. Er sieht nicht besonders gefährlich aus.

- *Um dem Muglani zu entkommen, flieh zu Abschnitt* 67.
- *Um mit ihm zu reden, geh zu Abschnitt* 50.

112

»GRRRRRR!« Das steinerne Ungeheuer reißt das Maul zu einem Knurren auf. Du siehst Reihen um Reihen weißer steinerner Zähne, scharf wie Felszacken. Du umklammerst den Stock fester und machst dich zum Kampf bereit. »Sei nicht verrückt!«, schreit dir Susie aus dem See zu. »Es ist viel größer als du …« Doch dafür ist es nun zu spät. Das Ungetüm springt los und stürzt sich auf dich. RRRRRRRATSCH! Seine kalten Klauen zerreißen dein T-Shirt, als es dich niederringt.
Das Steinmonster presst deine Schultern auf den Boden und hält dich eisern fest. Dann streckt es die Zunge aus und leckt dir übers Gesicht!
»Aahh!« Du schreist vor Schmerz, als dir die raue Oberfläche seiner Zunge über die Backen schrappt … wieder und wieder und wieder.
Sieht ganz danach aus, als hätte es sich für dich ausge*leckt* …

ENDE

113

Ich gehe besser sofort los und hole Susie!, denkst du dir. Es wäre doch schrecklich, deine Freundin in dem Berg sitzen zu lassen. So kriechst du erneut durch den feuchten Erdtunnel. Du hast verkrustete Erde in den Haaren. Sie bedeckt deine Klamotten. Und sie haftet selbst an deinen Schuhsohlen.
Plötzlich stößt du gegen etwas Weiches, das vorher nicht in diesem Tunnel gewesen ist.

Du drückst dagegen, aber das Etwas stemmt sich dagegen! Du versuchst rückwärts durch die Röhre zurückzukriechen. Doch das klappt nicht.
Das ist es also, was den Tunnel gegraben hat: EIN RIESIGER REGENWURM! Und unglücklicherweise ist dieser Wurm kein gewöhnlicher Riesenregenwurm. Es ist ein Fleisch fressender Nachtkriecher. Eine der vielen seltenen Spezies, die im Dschungel leben.
Normalerweise nehmen Regenwürmer mit dem vorderen Ende Erde auf, zermatschen sie und scheiden sie am anderen Ende wieder aus.
Doch dieser Wurm frisst Menschen! Er saugt dich ein, verarbeitet dich zu Brei und spuckt dich am anderen Ende wieder aus.

ENDE

114

»Okay«, erklärst du. »Ich nehme die Herausforderung an.«
»Gut«, meint Cronby. »Wenn du die Aufgabe richtig löst, gebe ich dir drei Goldstücke und lasse dich und Susie frei. Wenn du aber verlierst«, sagt er und reibt sich gierig die Hände, »dann behalte ich euch BEIDE, dich und Susie!«
Schluck!
»Wie lautet die Frage?«, willst du wissen. Du durchforschst deinen Kopf bereits nach allen GÄNSEHAUT-Büchern, die du je gelesen hast.
»Hmmmmmmm ... In dem Buch mit dem Titel *Die unheimliche Kuckucksuhr* gibt es einen Jungen, der eine kleine Schwes-

ter hat, die ihm schrecklich auf die Nerven geht. Heißt sie *Tara, der Bruderschreck* oder *Tanya, der Schrecken?*«
Diese Frage ist tatsächlich kniffliger als die erste … Aber du kennst die Antwort!

- *Wenn du denkst, dass ihr Name »Tara, der Bruderschreck« lautet, dann geh zu Abschnitt* **74**.
- *Wenn du denkst, sie heißt »Tanya, der Schrecken«, geh zu Abschnitt* **32**.

115

Die Jägerin richtet das Gewehr auf dich! Du hast keine Sekunde zu verlieren! Hastig springst du unter dem Tisch hervor, flitzt in den Dschungel und bist zwischen dichtem Laub und Ranken verschwunden, bevor dich die Jäger stoppen können. Ihre Reflexe sind zu langsam. Wahrscheinlich sind sie noch immer über dein Aussehen geschockt! Selbst Gwen Shripp wirkt fassungslos und wie betäubt. Sie steht mit offenem Mund wie angewurzelt da. Aber nur für einen Augenblick.
»Schnell! Hinterher!«, kommandiert Gwen.
»Aber was *ist* das überhaupt?«, fragt ihr Ehemann nervös.
»Es sieht wie eine neue Amphibienart aus«, hörst du die Jägerin antworten. »Aber was es auch immer ist, ich werde es kriegen!«

- *Lauf weiter zu Abschnitt* **101**, *so schnell du kannst!*

116

Der König starrt Susie ins Gesicht und brüllt: »Wenn ihr wollt, dass wir euch den Weg hinaus zeigen, dann müsst ihr euch das verdienen!« Er lässt sie unvermittelt los, sodass sie rückwärts taumelt und sich neben dir unsanft auf den Hosenboden setzt.
»Ich werde euch eine Aufgabe stellen. Wenn ihr sie innerhalb einer bestimmten Zeitspanne erfüllt, werde ich euch freilassen. Andernfalls …« Der König schüttelt betrübt sein gehörntes Haupt.
»Eure Majestät, was geschieht mit uns, wenn wir es nicht schaffen?«, fragst du tapfer.
»Dann werde ich euch für immer als Sklaven hier behalten!«, brüllt er.
Alle Steinwesen kichern, als hätte ihr König gerade den besten Witz aller Zeiten erzählt.
Da klatscht der König dreimal in die steinernen Hände. »Bringt den Zeitmesser herbei!«, befiehlt er.

- *Geh zu Abschnitt* 120 *weiter.*

117

»Hänschen klein ging allein«, singst du.
Die beiden Tiger legen den Kopf schief und lauschen. Es funktioniert!
»In den weiten Wald hinein«, fährst du mit bebender Stimme fort. Wieso fällt dir bloß kein *gutes* Lied ein?

Während du singst, klopfen die Tiger mit den Pranken im Takt und scheinen die Musik zu genießen. Cool! Du hast dich mit ihnen angefreundet.
»Okay, Jungs«, sagst du. »Jetzt muss ich aber gehen!« Du packst eine Wurzel, die aus der Lehmwand ragt, und versuchst dich daran hochzuziehen.
Augenblicklich schlagen die Tigerskelette mit ihren Vorderpranken durch die Luft. Du springst vor ihren messerscharfen Krallen zurück.
»Hänschen klein ging allein«, singst du, bis sich die Tiger wieder beruhigt haben. »In den weiten Wald hinein.«
Du bist auf zwei echte Musikliebhaber gestoßen. Und du sitzt bei ihnen fest – für immer. Denn nur solange du singst, herrscht Friede, Freude, Eierkuchen …

ENDE

118

Du rauschst den glatten Gang entlang. Der Boden ist mit schleimigem, feuchtem Moos überzogen.
Du wirst schneller!
An den Seiten der Rutschbahn wachsen sonderbare rosa Blumen in Grüppchen.
Sie haben dicke, fleischige Blütenblätter. Sie sehen wie große Zungen aus, die aus der Wand hervorstehen. Eklig! Du gibst dir alle Mühe ihnen auszuweichen.
Da erblickst du das allergrößte Exemplar der Zungenblumen geradewegs vor dir. Es hängt in den Gang herab und versperrt dir den Weg.

Du saust mit dem Kopf voran dagegen und bleibst daran hängen.
Die Blume schleckt dich ab! Igitt!
Du schlägst und trittst die widerliche Pflanze, bis du endlich daran vorbeigleiten kannst. Kurz danach landest du in einem kleinen Raum in dessen Mitte sich ein Wasserbecken befindet. Susie steht davor und starrt hinein.
»Hast aber ganz schön lange gebraucht!«, witzelt sie. »Sieh dir das mal an! Ich habe das letzte Stück Gold gefunden! Fragt sich nur … wie bekommen wir es da heraus?«
- *Geh zu Abschnitt* **100**, *um das herauszufinden.*

119

»Aber klar doch«, mault Susie und verdreht die Augen. »Wir angeln Piranhas! Da sind ja nur eine Million Fische drin. Das geht in null Komma nichts!«
Du überhörst ihre spöttische Bemerkung und senkst den selbst gemachten Haken behutsam ins Becken.
Die Piranhas umkreisen ihn aufgeregt und drängen sich gegenseitig ab. Durch ihr aufgeregtes Zappeln bringen sie das Wasser zum Brodeln.
Dann springen die Piranhas aus dem Wasser! Sie fallen über dich her! Du spürst ihre scharfen Zähne an deinen Armen und Beinen.
»Hilf mir!«, rufst du Susie zu, während du wild um dich haust, um die tödlichen Piranhas abzuwehren. Susie schlägt nach den Fischen. Einer nach dem anderen fallen sie auf den Boden, zucken und zappeln herum.
Du streifst den letzten von dir, bleibst stehen und ringst nach

Atem. Die Piranhas auf dem Boden hören schließlich auf sich zu bewegen.
»Das glaub ich einfach nicht!«, flüstert Susie verblüfft.
»Ich hätte nicht gedacht, dass sie mich angreifen würden! Aber wir haben erreicht, was wir wollten! Sie sind tot!«
»Alle bis auf einen!«, bemerkt Susie und deutet in das Becken. »Die Mutter aller Piranhas ...«

- *Nimm den großen Piranha in Abschnitt* **61** *an den Haken.*

120

Vier Diener eilen mit einer großen goldenen Truhe die Stufen der Pyramide hinauf. In der Truhe befindet sich ein riesiges Stundenglas. Sie stellen es vor dem König auf.
Mit seinem steinernen Finger zeigt der König auf dich und Susie. »Ihr müsst mir drei Goldstücke aus dem Inneren des Berges holen.« Seine Stimme hallt in der Höhle wider. »Ihr habt eine Palooka, um das Gold zu finden.«
»Eine was?«, fragt Susie.
»Eine Palooka!«, antwortet der König. »Das ist hier im Berg die Maßeinheit für Zeit.«
»Entschuldigen Sie, Sir«, meldest du dich zu Wort. »Aber wissen Sie zufällig, wie lange das in Menschenzeit ist? Vielleicht in Stunden und Minuten?« Du tippst auf deine Armbanduhr, um ihm klarzumachen, wovon du redest.
»Nein, das weiß ich nicht«, schnauzt der König. »Hier, nimm meine Taschenuhr.« Er reicht dir ein wunderschönes kleines Stundenglas in einem Silbergehäuse. Es ist so klein, dass es in deine Hand passt.
»Das ist ein Geschenk meiner verstorbenen Mutter«, sagt der

König mit gesenktem Haupt. »Wenn du es verlierst, dann koche ich deinen Kopf in Lava!« Er sieht nicht so aus, als würde er scherzen!
»Auf ›drei‹ drehen wir die Stundengläser gleichzeitig um. EINS … ZWEI …«
- *Rasch, geh zu Abschnitt* 3.

121

Der König öffnet die Zeltklappe und streckt den Kopf herein. Er grinst dich spöttisch an.
Dein Herzschlag beschleunigt sich, als du dem König in das moosbedeckte Gesicht blickst.
Wie hat er mich gefunden?, fragst du dich. Was hat er vor?
Die Sanduhr in deinen Händen fühlt sich an, als wäre sie aus Eis. Du versuchst, sie hinter dem Rücken zu verstecken, doch der König hat sie bereits erspäht.
»GIB MIR DAS STUNDENGLAS!«, befiehlt er.
Von Kopf bis Fuß zitternd, händigst du ihm die wunderschöne kleine Sanduhr aus. Kaum hat der König die Uhr, streut er wie der Blitz eine Hand voll Puder über dich und verschwindet.
Hustend wedelst du mit der Hand durch die Luft. Du erstickst fast an dem sandigen Pulver. Du würgst und fröstelst. Es wird kalt.
Sehr kalt.
Tödlich kalt.
Vielleicht liegt das daran, dass dir der König schreckliche Angst eingejagt hat. Oder es kommt von der eisigen Dschungelbrise, die ins Zelt weht.
Vielleicht liegt es aber auch daran, dass du dich in einen Stein

verwandelst. Du wirst berühmt sein, wenn man dich am nächsten Morgen findet.
Denn nie zuvor wurde im Dschungel eine so täuschend echt wirkende Steinfigur entdeckt!

ENDE

122

Du schlägst ein und schüttelst Unger die Hand. Diese Frauen sind zwar sonderbar, aber sie scheinen freundlich zu sein. Außerdem hast du jede Hilfe nötig, die du bekommen kannst!
»Können Sie uns helfen, die Feuerherzfrucht zu finden?«, fragst du. »Wir haben in einer Broschüre gelesen, dass die Feuerherzfrucht das Gegenmittel zum Zauber der Muglani ist.«
»Aha!«, ruft Unger aus. »Ihr habt die Broschüre also gelesen. Wir haben sie extra veröffentlicht, um die Leute vor den Muglani zu warnen!«
Sie sieht sehr zufrieden darüber aus, dass ihr die Broschüre kennt. »Wisst ihr, meine Schwester ist ein Opfer der Muglani-Hexerei geworden. Sie haben ihren Kopf geschrumpft! Ich habe ihn immer in meiner Tasche, damit er mich daran erinnert, dass ich vor ihnen auf der Hut sein muss!«
»Deshalb hat sie also den Kopf!«, murmelst du Ben zu.
»Na, dann mal los!«, ruft Unger unternehmungslustig. »Wir zeigen dir, wo Feuerherzfrüchte wachsen! Gleich bist du wieder ein Mensch!«
Hervorragend!

• *Blättere zu Abschnitt* **62**, *um den Kriegerinnen zu folgen.*

123

»Nun, um die Wahrheit zu sagen«, gestehst du zögernd, »ja, ich war darin«. Als du siehst, dass sich das Gesicht des Königs von golden zu rot verfärbt, entschuldigst du dich rasch.
»Sie haben nichts davon gesagt, dass wir da nicht reingehen dürfen!«, stotterst du. »Ich habe noch nicht einmal gewusst, was für ein Raum das war. Ich bin aus Versehen darin gelandet. Es tut mir Leid.« Gleichzeitig mit Susie beginnst du vor dem König zurückzuweichen. Ihr steigt die ersten Stufen der Pyramide hinab.
»Ergreift sie!«, befiehlt der König mit dröhnender Stimme.
»Das ist nicht fair!«, schreist du. Was wirst du jetzt tun?
Die Höhlenwesen stürzen sich auf euch. Sie packen euch an Armen und Beinen. Deine Haut schmerzt unter ihren schuppigen Händen. Es fühlt sich an, als würden sie dich auseinander reißen!

- *Kämpfe dich zu Abschnitt* 97 *durch.*

124

Die Schritte kommen näher und näher. Rasch duckst du dich unter den Tisch. Die herabbaumelnden Schrumpfköpfe bilden eine Art Vorhang. Du betest, dass du nicht gesehen werden kannst. Von deinem Versteck aus beobachtest du, wie drei Beinpaare auf die Lichtung treten. Alle drei Paare tragen Kakihosen und Armeestiefel.
»Was für eine seltsame kleine Lichtung!«, sagt eine Frauenstimme in britischem Englisch. Du siehst, wie eine Frau sich

bückt und den Boden berührt. Sie steckt in voller Jagdmontur und hat ein langes Jagdgewehr bei sich.
Sie ist eine Jägerin! Ein Angstschauer läuft dir das Rückgrat hinunter. Was ist, wenn sie dich sieht? Womöglich hält sie dich für ein Tier und erschießt dich!
»Hier waren ein paar Kinder«, stellt sie fest, während sie mit der Hand über die Erde streicht.
»Ach, das ist doch absurd!«, antwortet eine andere britisch klingende Stimme. »Was sollten denn Kinder mitten im Dschungel?«
»James!«, ruft die Frau in scharfem Ton. »Ich bin Gwen Shripp, die weltberühmte Jägerin! Ich werde doch wohl noch den Abdruck eines Turnschuhs erkennen, wenn ich einen sehe! Ich habe gleich gewusst, dass ich dich lieber nicht auf diese Expedition hätte mitnehmen sollen!«
»Du hast Recht, Gwen, mein Schatz«, entschuldigt sich James.
In diesem Moment dreht sich Gwen, die weltberühmte Jägerin, um und sieht dich in deinem Versteck unter dem Tisch. Blitzschnell hebt sie das Gewehr!
• *Verschwinde in Abschnitt* **115** *aus der Schusslinie!*

125

Das eisige Wasser füllt deine Augen, Ohren und den Mund. Du schnappst nach Luft, schluckst dabei aber nur noch mehr Wasser, hustest und spuckst. Du ruderst mit den Armen, doch es fühlt sich so an, als würdest du noch immer sinken: In deiner Panik lässt du den Stock los!
Deine Lunge fängt zu schmerzen an. Du öffnest die Augen und versuchst festzustellten, was dich hinuntergezogen hat. Aber

vergeblich. Alles, was du sehen kannst, ist das verschwommene Blau des Wassers. Überall ist nur Wasser …

Mit einer letzten verzweifelten Kraftanstrengung schüttelst du das Ding ab, das dich festhält, und erreichst die Wasseroberfläche. Keuchend und voller Entsetzen schaust du zurück …

SUSIE! Ihr Gesicht ist gerötet und sie kichert.

»Susie!«, schreist du. »Du weißt genau, dass ich nicht schwimmen kann!«

»Tut mir Leid.« Sie lacht und tritt dabei Wasser. »Du hast so ängstlich ausgesehen, als du in die Höhle gestarrt hast! Da konnte ich der Versuchung einfach nicht widerstehen, dich ein bisschen unterzutauchen!«

»Ich habe keine Angst!«, widersprichst du empört. »Ich habe mich nur gefragt, wie wir einen Weg aus der Höhle finden sollen. Es ist so dunkel da drin.«

»Ach ja, und das soll ich dir glauben?«, hänselt dich Susie. »Möchtest du, dass *ich* vorangehe?«

- *Wenn du möchtest, dass Susie vorangeht, dann folge ihr zu Abschnitt* 52.
- *Wenn du als Erster eintreten willst, geh zu Abschnitt* 83.

126

Du stehst vor dem Skelett eines Tigers.

Diese Grube muss eine alte Tigerfalle sein!, sagst du dir. Deine Knie drohen jeden Moment unter dir nachzugeben.

Die Knochen des Tigers sind verwittert und spröde, aber sie schimmern fahl und gespenstisch. Der Schwanz des Tigers schlägt hin und her und rasselt dabei wie eine Klapperschlange. Das Raubtier öffnet das riesige Maul, um dich anzubrüllen,

doch es kommt kein Ton heraus. Der Tiger hat keine Stimme. Alles, was du hörst, ist der Schwanz des Tigers, der im Wind klappert. Und das wilde Hämmern deines Herzens.
Der Tiger macht einen Schritt auf dich zu. Eine seiner Pfoten sieht noch verwitterter aus als die übrigen. Das muss die sein, auf die du getreten bist.
Er zerreißt die Luft mit seinen Krallen.
Du trittst zurück ...
KNIRSCH!
KLAPPER!
Sieht so aus, als hättest du das Skelett eines weiteren Tigers zum Leben erweckt. Hoffentlich hast du Mumm. Es sind zwei gegen einen.

- *Rasch. Blättere zu Abschnitt* 25.

127

Du ziehst den Kopf ein und läufst nach rechts. Die Ameise nimmt den linken Gang. Sie war gar nicht hinter dir her! Sie tut nur das, was Ameisen gewöhnlich tun – Dinge herumschleppen!
Puh!
Du schaust dich in dem neuen Tunnelarm, den du gewählt hast, um. Die Wände glitzern! Im Stein stecken dicke Edelsteine!
Wow! So wunderschöne Edelsteine hast du noch nie gesehen!
Je tiefer du in den Gang vordringst, desto mehr Juwelen gibt es!
Du folgst dem Gang weiter, bis du eine Höhle erreichst.
Dir bleibt vor Staunen der Mund offen stehen, als du den Blick durch die Höhle schweifen lässt. Riesige Stalaktiten hängen von der Decke herab. Sie sind über und über mit Edelsteinen

bedeckt. Wo auch immer du hinsiehst, bricht sich das Licht in den glitzernden Fassetten der wertvollen Steine. Die Wände sind mit Rubinen, Smaragden, Saphiren und Diamanten überkrustet.
Du wanderst um die Stalagmiten herum, die aus dem Boden in die Höhe wachsen. Zu deinen Füßen liegen abgefallene Edelsteinstücke.
Bestimmt gibt es hier irgendwo auch Gold!

• *Suche in Abschnitt* 45 *nach Gold.*

128

»Ich stelle die Sanduhr hier ab«, sagst du zu Susie. Du ziehst das Miniatur-Stundenglas aus der Hemdtasche und setzt es behutsam auf den flachen Stein.
»Erledigt. Jetzt nichts wie raus hier!«
Von dem Stein, auf dem du die Sanduhr gestellt hast, ertönt ein lautes KLICK. Der Vorsprung gleitet in die Wand! Du hast so etwas wie einen geheimen Knopf gedrückt!
Rasch schnappst du dir das Stundenglas, bevor es von dem verschwindenden Stein herunterrutscht. Puh! Das war haarscharf! Beinahe wäre es in den Gang hinabgefallen.
Da spürst du plötzlich, wie sich die steinernen Tritte der Leiter, die du hinaufkletterst, zu verflachen beginnen. Die Steigleiter wird glatt – der ganze Gang rundet sich und verwandelt sich in eine riesige kreisförmige Rutschbahn! Du wirst dich nicht mehr lange halten können!

• *Gehe rasch zu Abschnitt* 73, *um zu sehen, was passiert!*

129

»Ich jage ihnen einen Schrecken ein und verscheuche sie!«, flüsterst du Ben zu. »Pass auf!«
Du springst hinter dem großen Busch hervor und zerfetzt die Luft mit deinen Klauen. Dabei brüllst du wie ein Monster aus einem Horrorfilm.
»Aaaaaahh!«, schreit Mrs. Wheedle aus Leibeskräften. Auch die anderen Kinder brüllen vor Entsetzen.
»Lauft!«, ruft Mrs. Wheedle. Und sofort rennen alle wie aufgescheuchte Fliegen in alle Richtungen davon. Alle außer Bill Green, der mit offenem Mund wie angewurzelt stehen bleibt. Schließlich packt ihn sein Bruder und zerrt ihn in die Büsche.
»Gut gemacht!«, sagt Ben, während er die Brille abnimmt und sich über die Augen wischt. Er lacht so heftig, dass ihm Tränen übers Gesicht laufen.
»Hast du Mrs. Wheedles Gesicht gesehen?«, fragst du kichernd.
Ben ahmt Mrs. Wheedles Gebrüll nach. Er tanzt im Kreis und fuchtelt mit den Armen. Plötzlich hält er inne. Auf seinem Gesicht breitet sich echtes Entsetzen aus. Er zeigt direkt auf dich.
»Mmmmu … mmmu … mmmu …«, stammelt Ben voller Angst.
»Was ist los?«, fragst du. »Alles in Ordnung mit dir?«
»Mmmmuglani!«, ruft Ben erregt. »Hinter dir!«

- *Renn zu Abschnitt* **111**.

130

»Tut mir Leid, Fischmann!«, rufst du über die Schulter zurück. »Aber wir müssen dringend zum König zurück!«
Wasser spritzend, flitzt du durch das Becken und in den breiten Hauptgang.
»Ich kanns kaum glauben, dass wir es geschafft haben!«, ruft Susie fröhlich.
»Ich weiß«, antwortest du. »Ich freue mich beinahe darauf, Mrs. Wheedle wieder zu sehen!«
Ihr rast in den Thronsaal. Der König der Höhlenmenschen geht oben auf der Pyramide auf und ab. In dem riesigen Stundenglas sind nur noch ein paar Sandkörnchen übrig.
»Wir haben Ihr Gold!«, rufst du zu ihm hinauf.
All die Höhlenwesen scharen sich um euch und gemeinsam mit Susie steigst du zur Pyramidenspitze hinauf.
Du kniest vor dem König nieder und ziehst auch Susie auf die Knie. Dann präsentiert ihr ihm beide das Gold, das ihr gefunden habt.
»Ich sehe, ihr habt mir das Gold gebracht, nach dem ich verlangt habe«, stellt er mit dröhnender Stimme fest. Du kannst in seinen Glubschaugen dein Spiegelbild sehen. Sein moosbedecktes Gesicht ist ernst und streng.
»Ich habe nur noch eine Frage, bevor ich euch gehen lasse.«
O nein! Was kann er denn jetzt noch wollen?

• *Blättere zu Abschnitt* 70, *um es herauszufinden.*

131

»Schnell, Susie, mir nach!« schreist du. Du wirbelst herum, duckst dich nach links und saust an den Höhlenmenschen vorbei. Du hast nicht die geringste Lust, hier noch länger zu bleiben und dich einer Bande von Untergrundmutanten vorzustellen!

Du hörst sie verdattert grunzen, als du an ihnen vorbeirennst. Susie ist dir dicht auf den Fersen.

In der Seitenwand der großen Kammer siehst du einen kleinen Gang. Er ist hell erleuchtet! Ein gutes Zeichen!

Du flitzt in den Gang hinein.

»Lauf!«, brüllt Susie keuchend. »Sie sind direkt hinter uns!«

Das stimmt. Du kannst sie miteinander grunzen hören, während sie hinter euch herjagen.

Vor euch wird der Gang heller und heller. Es ist fast so hell wie bei Tageslicht. Vielleicht führt der Tunnel nach draußen!

Susie schreit: »Eine Tür!«, und deutet nach rechts.

Direkt vor euch ist eine kleine blaue Tür in die Felswand eingefügt. Vielleicht führt sie ins Freie!

Du kannst versuchen die Tür zu öffnen oder weiterrennen. Auf jeden Fall musst du dich schnell entscheiden. Die Höhlenwesen haben euch fast eingeholt!

- *Bleibst du im Gang? Dann geh zu Abschnitt* **134** *weiter.*
- *Oder versuchst du durch die blaue Tür zu entkommen? Dann blättere zurück zu Abschnitt* **40**.

132

»Aahh!«, schreist du, als du vor der Ameise davonrennst.
Du hörst, wie ihre trippelnden Beine hinter dir über die Erde scharren.
Die gewaltige Ameise hetzt dich tiefer und tiefer in das Labyrinth. Als du über die Schulter zurückblickst, siehst du ihre riesigen Insektenaugen und ihre scharfen Zangen. Der Felsbrocken, den sie hält, muss eine Tonne wiegen!
Wenn sie einen so großen Felsbrocken schleppen kann, dann kann sie dich wahrscheinlich ganz ohne Probleme in zwei Teile schneiden.
Vor dir gabelt sich der Gang.

- *Wenn du ein blaues Kleidungsstück anhast, geh nach links und zu Abschnitt* 93.
- *Wenn du nichts Blaues trägst, dann nimm den rechten Gang und geh zu Abschnitt* 127.

133

Der Drache hält dich so eisern am Boden fest, dass du dich nicht rühren kannst! Mit seinen rasiermesserscharfen Zähnen schnappt er nach deinem Gesicht.
Plötzlich kommt dir eine verrückte Idee: Du schnappst nach dem Drachen zurück.
Immerhin bist du ebenfalls ein Monster! Du knurrst und fletschst die eigenen Zähne.
»Geh runter von mir!«, brüllst du. Du drückst den Drachen von dir herunter und rappelst dich auf.

Da geschieht etwas Unerwartetes. Als du tief Luft holst, spürst du, wie sich dein Nacken hebt.
Genau genommen ist es nicht dein Nacken, sondern eine Hautfalte in deinem Nacken. Sie hebt sich und dehnt sich hinter deinem Kopf wie eine Kapuze aus! Sie fühlt sich riesig an! Und aus den Augenwinkeln kannst du sehen, dass sie mit hellen, farbenprächtigen Mustern bedeckt ist. Sie lässt dich größer und Furcht erregender wirken, als du bist!
Als der Drache dich so sieht, hört er zu zischen auf und beginnt stattdessen zu winseln. Er kauert sich zu deinen Füßen zusammen.
Du stößt ein grauenhaftes Heulen aus, worauf der Drache mit gesenktem Kopf zum Baum zurückschleicht.

• *Schleich du zu Abschnitt* **66.**

134

»Wir folgen weiter dem Gang!«, brüllst du Susie zu, während du vor den Höhlenmenschen davonläufst, die euch immer noch auf den Fersen sind.
So hell wie das Licht im Tunnel nun ist, bist du dir sicher, dass ihr beiden jeden Moment einen Ausgang erreicht. Eine Minute noch und ihr seid zurück im Dschungel. Dann könnt ihr losziehen und euch auf die Suche nach Mrs. Wheedle und den übrigen Kindern machen.
Du wirfst einen Blick zurück. Die Höhlenmenschen holen auf!
Ihr kommt an einen Felsvorsprung. Der Ausgang muss direkt dahinter liegen. Indem du Hände und Füße zu Hilfe nimmst, schaffst du es, dich auf die nächste Ebene hochzustemmen. Susie macht dasselbe. Ein heißer Luftschwall weht dir entgegen.

Vor euch beiden liegt ein kleiner See geschmolzener Lava!

- *Rasch! Geh zu Abschnitt* **102**.

135

Der König des Höhlenvolkes schaut auf euch herab. Sein ganzes Gesicht ist mit weichem goldenem Flaum bedeckt. An den Seiten seines runden aufgeblähten Kopfes stehen dicke Hörner ab.

Er ist so groß, dass du einen Krampf im Nacken bekommst, wenn du zu ihm aufblickst!

»Wir leben in diesem Berg. Er ist unser Zuhause. Ihr seid hier unbefugt eingedrungen«, sagt er, während er sich majestätisch vom Thron erhebt.

Susie unterbricht ihn. »Entschuldigen Sie, Mr. König, Sir, ich meine Eure Hoheit oder wie Sie auch immer heißen.« Sie wird puterrot.

»Ja, was gibt es, Menschlein?«, fragt er ungeduldig.

»Es tut uns sehr Leid, dass wir so mir nichts, dir nichts in Ihr Heim geplatzt sind. Wir sollten wirklich nicht hier sein«, sagt Susie und streicht sich die braunen Ponyfransen aus den Augen, wie sie das immer tut, wenn sie nervös ist. »Wenn Sie nur so freundlich wären, uns zu zeigen, wie wir wieder hinauskommen, dann würden wir Sie liebend gerne verlassen …«

»Haha, sehr witzig!«, blafft der König. Alle anderen Höhlenwesen fangen zu kichern und zu prusten an.

»Ruhe!«, brüllt der König und bringt damit seine Untertanen zum Schweigen. Er beugt sich vor und packt Susie am Arm.

- *In Abschnitt* **116** *findest du heraus, was als Nächstes geschieht.*

136

Du schaust auf deine Hände hinunter. Was vorher weiche rosa Haut war, ist jetzt gummiartiges graues Fleisch. Eine dünne, durchsichtige Haut verbindet deine Finger, die alle in einer scharfen Kralle enden!

Wie konnte das passieren? Du hast dich *wirklich* in ein Monster verwandelt!

Du betastet dein Gesicht. Es ist anders als vorher! An Stelle der Nase fühlst du zwei kleine Luftlöcher.

Und deine Augen sind gewachsen! Sie sind riesig! Als du blinzelst, schieben sich zwei durchsichtige Hautlappen über die Oberfläche deiner gigantischen Augen. Ein stacheliger Kamm ragt oben auf deinem Kopf auf, wie ein schuppiger Irokesenschopf!

Bevor du darüber nachdenken kannst, was du nun tun willst, hörst du Schritte. Jemand geht in deiner Nähe durch den Dschungel.

Du gehst allerdings nicht davon aus, dass das Susie ist. Sie ist in die entgegengesetzte Richtung gelaufen. Wer also kann es sein? Vielleicht ist es jemand, der dir helfen kann. Schließlich muss irgendjemand den Korb mit dem Obst hingestellt und die Schrumpfköpfe aufgehängt haben. Und möglicherweise weiß dieser Jemand auch, wie du dein Aussehen wiederbekommst!

Andererseits: so wie du aussiehst, solltest du dich vielleicht besser verstecken. Die Schritte kommen näher. Und du hörst ein Summen. Rasch! Entscheide dich!

- *Wenn du dir von der Person, die da kommt, helfen lassen willst, blättere zu Abschnitt* 7.
- *Willst du dich verstecken, geh zu Abschnitt* **124**.

Gänsehaut™

von R. L. Stine

EIN ABENTEUER SPIEL BUCH

Für Gruselfans, die immer schon ganz nah am Geschehen sein wollten.

Immer wieder bricht die Erzählung ab und verlangt nach einer Entscheidung – eine Entscheidung, die du treffen musst. Mut, Kombinationsgabe und Abenteuerlust sind gefragt, doch dafür erwarten dich atemberaubende Spannung, wohliges Gruseln und immer neues Lesevergnügen. Denn immerhin gibt es mehr als zwanzig verschiedene Arten, diese Geschichten zu lesen – aber nur eine einzige, das Abenteuer unbeschadet zu überstehen.

Band 1 OMNIBUS Nr. 20466
Die Geisterbahn des Grauens

Band 2 OMNIBUS Nr. 20467
Im Bann des Magiers

Band 3 OMNIBUS Nr. 20541
Geheimtreff: Villa Fledermaus

Weitere Titel in Vorbereitung.

OMNIBUS

Der Taschenbuchverlag für Kinder und Jugendliche
von Bertelsmann

Gänsehaut™
von R. L. Stine

Gruseln garantiert!

Band 1 OMNIBUS Nr. 20149
Der Spiegel des Schreckens

Band 2 OMNIBUS Nr. 20150
Willkommen im Haus der Toten

Band 3 OMNIBUS Nr. 20151
Das unheimliche Labor

Band 4 OMNIBUS Nr. 20152
Es wächst und wächst und wächst ...

Band 5 OMNIBUS Nr. 20153
Der Fluch des Mumiengrabs

Band 6 OMNIBUS Nr. 20236
Der Geist von nebenan

Band 7 OMNIBUS Nr. 20308
Es summt und brummt – und sticht!

Band 8 OMNIBUS Nr. 20262
Die Puppe mit dem starren Blick

Band 9 OMNIBUS Nr. 20263
Nachts, wenn alles schläft

Band 10 OMNIBUS Nr. 20355
Der Gruselzauberer

Band 11 OMNIBUS Nr. 20356
Die unheimliche Kuckucksuhr

Band 12 OMNIBUS Nr. 20023
Die Nacht im Turm der Schrecken

Band 13 OMNIBUS Nr. 20396
Meister der Mutanten

Band 14 OMNIBUS Nr. 20397
Die Geistermaske

Band 15 OMNIBUS Nr. 20398
Die unheimliche Kamera

Band 16 OMNIBUS Nr. 20399
... und der Schneemensch geht um

Band 17 OMNIBUS Nr. 20417
Der Schrecken, der aus der Tiefe kam

Band 18 OMNIBUS Nr. 20418
Endstation Gruseln

Band 19 OMNIBUS Nr. 20419
Die Rache der Gartenzwerge

Band 20 OMNIBUS Nr. 20432
Der Geisterhund

Band 21 OMNIBUS Nr. 20463
Die Wut der unheimlichen Puppe

Band 22 OMNIBUS Nr. 20464
Mein haarigstes Abenteuer

Band 23 OMNIBUS Nr. 20465
Gib Acht, die Mumie erwacht

Band 24 OMNIBUS Nr. 20460
Wer die Geistermaske trägt

Band 25 OMNIBUS Nr. 20461
Der Werwolf aus den Fiebersümpfen

Band 26 OMNIBUS Nr. 20462
Die unheimliche Puppe kehrt zurück

Band 27 OMNIBUS Nr. 20537
Es wächst weiter

Band 28 OMNIBUS Nr. 20538
Der Kopf mit den glühenden Augen

Band 29 OMNIBUS Nr. 20539
Hühnerzauber

Band 30 OMNIBUS Nr. 20540
Wenn das Morgengrauen kommt

Band 31 OMNIBUS Nr. 20562
Ich kann fliegen!

Jeden Monat ein neuer Band

OMNIBUS

Der Taschenbuchverlag für Kinder und Jugendliche
von Bertelsmann